お隣の天使様にいつの間にか
駄目人間にされていた件
佐伯さん
イラスト はねこと
Vol. 7

目次

藤宮周

進学して一人暮らしを始めた高校生。
家事全般が苦手で自堕落な生活を送る。
自己評価が低く卑下しがちだが心根は優しい性格。

椎名真昼

周のマンションの隣人。
学校一の美少女で、天使様と呼ばれている。
周の生活を見かねて食事の世話をするようになる。

「おかえりなさい、ご主人様」
Welcome

柊一哉
九重誠
木戸彩香
赤澤樹
MENU

椎名真昼

藤宮周
門脇優太

白河千歳

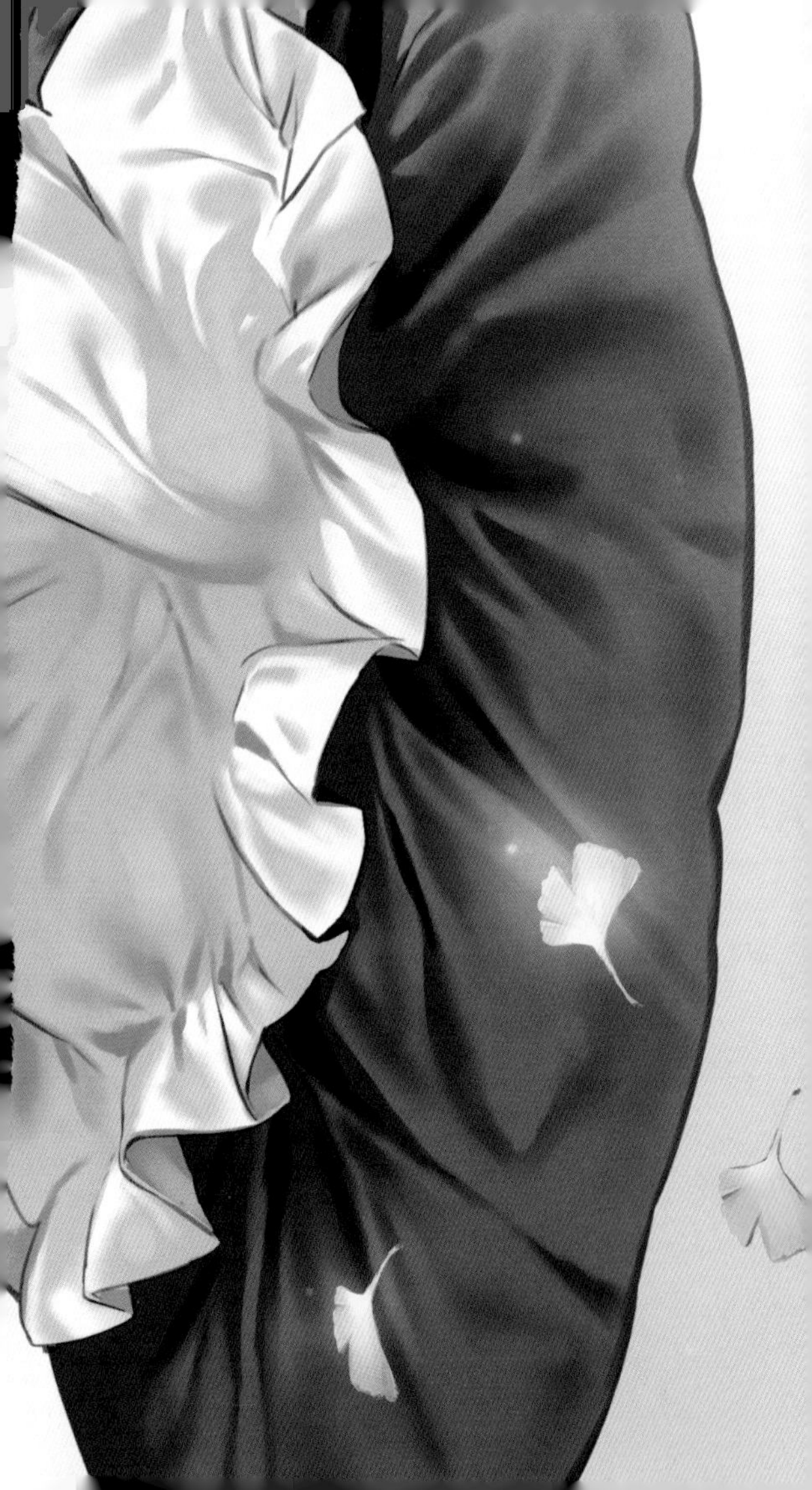

お隣の天使様にいつの間にか駄目人間にされていた件 7

佐伯さん

GA文庫

カバー・口絵・本文イラスト
はねこと

第１話　天使様と新学期

本日から新学期という事で早起きをした周《あまね》は、ベッドの隣に誰《だれ》も居ない事を少しだけ残念だと思った。

真昼《まひる》の父である朝陽《あさひ》との対面、そして真昼の心情の吐露。大きな衝撃が与えられた夏休み最終日であったが、悪い事だけではなかった。

今まで謎《なぞ》に包まれていた真昼の父の気持ちをほんの一端だけでも知れたのは大きな収穫であった。真昼を生涯守り抜きたいし、隣で歩いて行きたいと新たに心に決める事も出来た。

真昼も、それを受け入れる様子であった。まだ、明確な約束こそしていないが、その時になったら真昼も受け入れてくれると信じたい。

昨日は茶化して泊まっていくか、なんて聞いてみたが、結局真昼は泊まりはしなかった。

本当に耐《た》え難《がた》い苦しさに潰《つぶ》されてしまいそうなら無理にでも泊めるつもりだったが、周の言葉に安堵《あんど》したのか、少しだけ弱々しく、けれど芯《しん》は折れていない淡い笑顔で帰っていった。

（……無理してないといいけどな）

制服に着替えながら、昨日の真昼の様子を思い出すが、周の言葉を受けてから大分落ち着いていたように見えた。それだけ周が真昼の中で大部分を占めているのだと思うとこそばゆさはあるが、周だけでは埋め切れないものもある。

もし今日にも響いていたらどうしようか、と少し表情を暗くしベルトを締めたところで、玄関の方から鍵《かぎ》を開ける音が聞こえた。

夏休み明け初めての登校日なので、いつもより早めにやってきたのだろう。

ネクタイを手にしつつ自室から出れば、丁度エプロンを身に付けている真昼がキッチンの入り口に居た。

「おはようございます」

いつもと変わらない微笑《ほほえ》みをたたえた真昼に、周はひっそりと安堵した。

「おはよ。ちゃんと眠れたか？」

「周くんが心配するほど凹《へこ》んではいませんし、もう大丈夫ですよ。割り切ってますので」

「割り切ってても感情は別物だろ。まあ、気遣いすぎても困ると思うから、辛《つら》くなったら言ってくれ。全力で支えるから」

「ありがとうございます。……頼りにしてますので」

小さなはにかみは、本当にそう思ってくれていると見えたので、周も軽く笑って身支度を整えるために洗面所に向かった。

「忘れ物はないですか？」

真昼お手製の朝食を食べて家を出ようとすると、真昼が声をかけてくる。

忘れ物、と言われても一応事前準備はしてあるので、恐らくない。全《すべ》て先んじて鞄《かばん》に詰めて確認までしているので、問題ない筈《はず》だ。

「特にないと思うけど」

「本当に？」

「むしろ何でそんな疑うんだ」

「……こちらをお忘れでは？」

若干あきれたように告げつつ真昼が周に見せたものは、暑苦しいからまた後で締めようと思っていた、学校指定のネクタイだ。顔を洗いに行った後洗面所に置きっぱなしにしていた事を、言われて思い出した。

ああ、と思わず声を漏《も》らせばため息が聞こえてくる。

「一応始業式があるのですから、身なりはしっかりするべきです」

全くもう、と言いながらネクタイを首に巻こうとしている真昼に、なんだか面映《おもは》ゆい気持ちになりつつ軽く屈《かが》む。

もちろん夏休み前までは基本的に毎日やっていた事なので自分でも出来るのだが、真昼がしてくれるというのなら止めるつもりはなかった。

大真面目《まじめ》にネクタイを結んでいる真昼の姿に、小さく笑う。

（……後で気付いたら照れるんだろうなあ）

自分で新婚夫婦のような真似をしているのだから、微笑ましい。

周としては、当たり前のようにしてくれるのもありがたいし、何より後で気付いた真昼が照れる姿を見られるのが嬉《うれ》しいので、良いこと尽くしだ。

せっせとネクタイを結び整えてくれている真昼を眺めていると、視線の質がいつもと違う事に気付いたのか、不審げな眼差《まなざ》しが返ってくる。

「どうかしましたか？」

「いや、何でもないよ。俺《おれ》も幸せ者だなと思っただけ」

「それは結構ですけど、周くんは時々うっかりさんですよね」

「まあなあ。真昼が居るから油断するというか」

「全くもう。仕方ない人ですね」

呆《あき》れているようで嬉しそうな声を上げてネクタイを結んだ真昼は、満足げな表情をしている。

玄関先での事なので、まるで伴侶《はんりょ》を送り出す妻のようだ、と言ったらしばらく照れて口を利いてくれなそうなので黙っておく。

代わりに、真昼の頭を一度撫《な》でて、手を差し出す。

「じゃ、行こうか」

「はい」

躊躇《ためら》いなく、慣れたように手を取った真昼に微笑んで、周は彼女の鞄を持ちつつ扉を開ける。

真昼は自分で持とうとしていたが、彼女に何でもしてもらっているようなものなので、これくらいはしてあげたい。

譲る気はない周に真昼がほんのり嬉しそうに頬《ほお》を緩めて、周の二の腕に軽く頭突きをする。

「どうした？」

「……何でもないです」

「何でもないなら問題ないな」

言いたい事が分からないほど鈍くもないが、真昼がこれ以上言わないならそれでいいだろう。

「行ってきます」

誰に向けるでもなく呟《つぶや》くと、真昼はじっとこちらを見た後に小さく追従するように「行ってきます」と口にした。

真昼の帰ってくる場所はここなんだな、と思うと照れくさくて、嬉しくて、頬が緩んでしまうのだが、真昼からの追及はなかった。

なにせ、真昼の方もうっすらと赤らんだ顔で嬉しそうに笑っていたのだ。周の事をとやかく言える訳がない。

幸せそうにしている真昼の手を改めて握れば、真昼も同じように握り返した。

九月に入ったものの、暑さはまだまだ退《ひ》く気配を見せていない。朝とはいえ熱気があるし、日差しも眩《まぶ》しい。

とはいえ学校につけば基本的に空調は効いている、のだが。

「……朝っぱらからオレ達を灼熱《しゃくねつ》に誘うつもりなの？」

「何がだ」

教室の席についた周が真昼と会話していたら、何故《なぜ》か樹《いつき》が引きつった顔で声をかけてきた。

ちなみに教室は冷房がついているので涼しい。各教室は冷暖房を完備しているので、外気温に悩まされる事がないのだ。

「こう、さあ……見せ付けるようにいちゃいちゃしてるとさあ」

「見せ付けるってあのなあ。そもそも普通の会話をしていただろ」

「そうだなあ、会話内容は至って真面目な学生のものだったが、こう、雰囲気とか態度とか眼差しがだな」

教室についてクラスメイトに挨拶《あいさつ》をした後、休暇明けのテストに向けての復習を二人でしていたのだが、その様子がいちゃついているように見えたらしい。

周としては真面目にテスト対策に励んでいただけなので、いちゃついていると言われてもしっくりこないのだ。

「お前、そろそろ椎名《しいな》さんが絡《から》むと無自覚に甘くなるのやめろよ。少なくとも公共の場では」

「今回のは別になにもしてない。出題範囲の確認と暗記科目のクイズやってただけだろ」

「……これだから周は」

「意味が分からん」

何を言っているんだこいつは、という眼差しを向けると、何故か同じような眼差しを返される。

「周りを見てみろ」

言われた通りに周囲に視線を向けると、男子から殺意のこもった眼差しを向けられた。女子からは微笑ましそうな、そしてどこか羨《うらや》ましげな視線。

おしゃべりに興じていた優太《ゆうた》や一哉《かずや》、誠《まこと》からも苦笑しながら生暖かい笑みを向けられて、周の頬がややひきつる。

「最近の周達は目の毒なんだよ分かるか」

「……お前と千歳《ちとせ》もそんなもんだったからな」

「失礼な。オレ達は堂々と意図的にいちゃついてるんだ。周達みたいに滲《にじ》み出る夫婦感とは訳が違うんだ」

「それもどうかと思うぞ」

今までのいちゃつきは意図的なものだったらしいので、そっちの方が問題がありそうなものだが、クラス全体での意見はこちらの方が問題らしい。

　真昼は樹の言葉にほんのりと頰を染めて居心地悪そうにしているので、彼女は自覚があったのかもしれない。それなら先に言ってほしかったものである。

「……そんなに俺にやけてた？」

「にやけっつーか、オレに対する態度とは雲泥の差というか……目線と会話で分かる溺愛具合というか」

「……赤澤《あかざわ》さんのお言葉はあまり否定できないというか」

「そんなに？」

　流石に普段二人で過ごす時の態度にはならないように気を付けているのだが、真昼の視線の逸《そ》らし具合からして上手《うま》くセーブ出来ていなかったらしい。

　そんなに柔らかい顔をしていたか、と自分の頰に触れてみるが、自分ではよく分からなかった。

　本日は夏休み明けの登校日なので、全校集会を終えて担任によるクラスでの連絡が終われば、そのまま帰宅出来る。

　本来集会の後授業をしてもおかしくはなかったが、翌日にテストが控えているせいで早めの解散となっていた。

「テストしたくないー」

　ホームルームを終え解散になった後、樹の席にやって来て机に突っ伏した千歳は、心底嫌そうに呟く。

「そうか？　日頃から勉強やってれば復習って程度だし、通常授業より早く帰れるから割と楽なんだけどな」

「それは周とかまひるんみたいな優等生の発言ですー、一般的にはテストは嫌なものですー。ねーゆーちゃん」

「あはは。まあ、どっちの気持ちも分かるかなあ。俺としては、部活がないから寂《さび》しくもあり体を休めて気楽でもあるね。テスト自体に思う事はあまりないかな」

「くっ、ゆーちゃんも何気に優等生だった……」

　陸上部のエースとして活躍している優太だが、運動が出来るだけではない、むしろ勉強は出来る方だ。上中下で言えば上の分類になる。

　千歳は帰宅部ではあるが元陸上部であり頭を使うより体を動かしたい派なので、机に向かう日頃の努力が物を言うようなテストは苦手らしい。そもそも、勉強が好きではない、というのが一番の理由だろうが。

「いっくーん、みんながいじめる」

「そんな事言われてもなあ。まあ、頑張るしかないぞ、ちぃ」

「いっくんの裏切り者。夏休みこそこそ勉強してるし」

「流石にあんまりな成績だと自由にさせてもらえないからなあ」

からりと笑った樹は、父親からもっと成績を上げろとせっつかれていると言っていた。

樹は元々要領がいいし地頭もよいのだが、千歳を優先しがちなので平均的な成績に収まっている。それが樹の父親には気に入らないのだろう。

こいつの家庭も色々大変だよなあ、と同情しつつ帰宅の用意をしていると、既に用意を済ませたとおぼしき真昼が鞄を手にこちらに向かってきていた。

「すみません、お待たせしました。先生とお話ししていて……」

「いいよ、樹達と話してたし。千歳が明日のテスト駄目だーって嘆いてるだけだったけどな」

「それは私にもどうしようもないですね」

「見捨てられた！」

「流石にテスト前日で範囲の内容を全部覚えるというのは無謀というか無理ですので……何のために長期休暇があったのか、という話にもなりますから」

ごもっともな発言に、一度顔を上げて真昼を懇願するように見ていた千歳は、もう一度机に突っ伏した。

これは自業自得なんだよなあ、と哀れみの視線を千歳に投げる。流石に、周も千歳の記憶力と日頃の努力の問題をどうにか出来る訳がない。

ただ、気遣いつつもシビアな発言をした真昼は、困ったように微笑みながら鞄の中からクリアファイルを取り出し千歳にファイルごとそっと手渡す。

「多分こうなると思っていたので、テストに出るであろう重要な所だけまとめたものがあります。赤点は免れると思いますよ」

「まひるん天使！」

「それやめてくださいとあれほど……」

飛び起きて真昼に抱き付いた千歳に、真昼は苦笑している。

ちなみにテストに出そうな要点をまとめたプリントの作成には、周の手も入っていた。

テストを作成する教員の癖《くせ》を理解している周と真昼が話し合って要点かつ出しそうなところをピックアップしている。教員の癖というヤマが外れたら申し訳ないが、それでも確実にテストに出そうな所を選出しているのでまずまずの点数は取れるだろう。

「周くんもお手伝いしてくれましたので、私だけでなく周くんにもお礼を言ってくださいね」

「おお周様、感謝しております。生クリームほっぺにつけたまま夢中でクレープ頰張《ほおば》るまひるんとホラー映画鑑賞してぷるぷる涙目のまひるんの写真、どちらがよろしいでしょうか」

「千歳さん⁉」

「どっちもかなあ」

「周くんまで！」

いつの間にか撮影されていた事に眉《まゆ》を吊《つ》り上げて顔を赤らめている真昼に、周もついつい笑ってしまう。

「冗談だって」

「……本当に?」

「まあもらえるならもらうけど」

写真そのものに罪はないし、友人に見せる真昼の可愛《かわい》い姿を収めた写真がもらえるというのなら喜んでもらうだろう。

周の言葉に真昼は不服そうな顔をしているが、千歳がけたけた笑っているので周に怒りは向かず、千歳に「千歳さんのばか」と拗《す》ねたような声を上げていた。

「いやー、仲良い事はよき事なんだよまひるん。周が恋人の写真を欲しがるくらいに夢中って事だし」

「それはそれ、これはこれです」

きっぱり言い切ってぷいとそっぽを向いた真昼に周も千歳も笑ってしまって、更に真昼が拗ねてしまうのであった。

「結局もらったんですか」

家に帰ったところで、真昼が微妙にふて腐れた様子で声をかけてくる。

写真を撮られていた事自体は気にしてないらしいが周に見られるのは抵抗があるらしい真昼は、若干トゲのある眼差しを向けてきた。

「どうだろうな」

「……周くんのお蕎麦《そば》だけ先につゆにわさび多めに混ぜ込んでおきます。美味《おい》しさのあまり涙と鼻水を誘うくらいに入れます」

「ごめんって。もらってません」

お昼ご飯のざる蕎麦を人質に取られては、はぐらかしは悪手なので大人しく白状する。

一応、写っている真昼が嫌がっているのだから無断でもらうのはやめておいたのだ。もちろん、許可がもらえたら千歳から流してもらうつもりではあるが。

周の言葉に露骨に安堵した真昼は「それならいいのです」と機嫌が幾分か戻った声で返し、調理のために髪を束《たば》ね始める。

「そんなに嫌だった?」

「い、嫌というか……その、情けない顔をしていますし、恥ずかしいし……絶対可愛くない顔してます」

「そんな事ないと思うけどな。どんな真昼でも魅力的に思うけど」

「……またそういう事言って」

気恥ずかしそうにぷいっと顔を逸らしつつ髪をお団子にまとめた真昼は、エプロンを身に付けて手を洗い始める。

　周も薬味を盛り付けたり皿の準備程度の手伝いはするつもりなので隣で手を洗い始めるのだが、横目で見た真昼は頰がほんのりと赤らんでいた。

「周くんは、自分が情けない姿をしている写真が赤澤さんから私に流されていたらどうするんですか」

「んー。ものによるけど、公共の場で見せられないような写真以外なら許すかなあ。まあ、樹がそこまでひどいのを送るとは思えないし、そもそも撮らない。そして俺はそんな姿をさらした覚えはない」

「……猫耳は許すのですか」

「カラオケで装着させられたやつだな。別にいいぞ」

　男三人で行ったカラオケで何故か猫耳を所持していた樹に無理矢理付けられた時の写真だろう。樹も優太も笑いを堪《こら》えていたのですぐに外したが、こっそり写真に残されていたらしい。

　あっさりと受け入れた周に、真昼が居心地悪そうに俯《うつむ》く。

「……私の方こそ、周くんの許可なく写真をもらっていてごめんなさい」

「それは樹のせいだからなあ。どうせ急に送られてきたんだろ。樹には今度ハンバーガーでも奢《おご》ってもらうさ」

　樹のフォルダにまだまだ写真が眠っていそうなのが怖いところであるが、ひどいものはないであろう。

出したての柔らかいタオルで手を拭いつつ、申し訳なさそうにしている真昼に笑いかける。

「ほら、気にしなくていいから。申し訳なさそうにするより、小鉢と薬味たっぷり用意してくれた方が嬉しいから」

「……わさびも?」

「それはほどほどで頼むぞ」

大真面目な顔で返せば、気が抜けたのか真昼は小さく笑っていつもより多めに常備菜を小鉢に盛った。


「明日はテストだけど、別に代わり映えしないよなあ」

蕎麦を食べ終えた後、周は満足そうにお腹《なか》を擦《さす》りながら呟く。

周は勉強が好きな方であるし日頃からそれなりに努力しているため、テスト自体は全く心配していない。むしろ千歳の成績を心配するくらいである。

「まあ、そうですね。いつも通りにいつもの力を出せばよいだけの事ですので」

「千歳が聞いたら『そんなの優等生だから言えるんだよ』と拗ねそうだけどな」

「ふふ。千歳さんは今回苦手なところがあるみたいなので尚更ですね。今度みっちり教えておきます」

千歳が悲鳴をあげそうだな、と思ったものの内心に留《と》めておき、テスト前日でも泰然としている真昼を眺める。

「そういえば、今回のご褒美《ほうび》はどうする？」

「え、ご褒美ですか？」

「一位取るのが当たり前になっててもさ、ご褒美は必要だろ。俺に出来る事があればなんでもするけど」

「以前は周くんへのご褒美で膝枕《ひざまくら》しましたね。でしたら、そういう周くんもご褒美は必要なのでは？」

「俺は真昼に喜んでもらう事がご褒美だから」

「……それは私もなのに、そういうのはずるいです」

むぅ、とちょっぴり拗ねたような真昼が太腿《ふともも》をぺちぺちと叩《たた》くので、苦笑しつつその手を優しく握る。

「俺は真昼に何かしたいから、今回は俺にさせてくれ」

「う。……で、では、欲しいものが」

「欲しいもの？」

基本的に物欲の薄い真昼が、物が欲しい、それも周におねだりするのは珍しいなとカラメル色の瞳《ひとみ》を覗《のぞ》き込むと、気恥ずかしそうに視線が逸れる。

「……その、周くんの部屋に、クッションあるでしょう」

「え、うん」

「それが欲しいです」

意外なものの要求に瞳をぱちくりと繰り返し瞬かせると、真昼は恥ずかしかったのか頬の赤らみも隠そうとせず体を身じろぎさせている。

「あれ、普段寝る時に使ってるから結構使い古してるけどいいのか」

「むしろ使い古しの方がいいというか……その……ですから、周くんの匂《にお》いが落ち着くので」

「……真昼ってもしかして匂いフェチ?」

「ふぇ、フェチとかそんな訳ではっ! 周くんが好きだから周くんの匂いが好きで側《そば》にあったら嬉しいだけですっ」

「お、おう」

なんだか恥ずかしい事を言われている気がした。

直接的に好きと言われるより余程恥ずかしく、頬をかきつつ部屋にあるクッションを思い出す。

そういえば、真昼は周の部屋に入ると大抵あのクッションを抱き締めている。何か抱えていると落ち着くからとばかり思っていたが、もしかしたら周のだからこそ抱き締めていたのかもしれない。

「そんな身代わりみたいにしなくても」

「それはその……周くん本人だと、刺激が強いじゃないですか」

「そんなに？」

「そんなにです！　だって、いい匂いしますし、温かいですし、体も引き締まってて男の人だなあって……すごくドキドキします。リラックスだけに集中するには向かないというか」

置いてあったクッションを抱き締める真昼は、何かあったらクッションを抱き締める癖を自覚しているのだろうか。

ぬいぐるみを抱き締めるようにやや面映《おもは》ゆさの混じった愛《いと》しそうな顔でクッションを包み込む真昼に、周はひっそりと笑って軽く頭を撫でた。

第2話

演技派の天使様にはたじたじです

テストはあっという間に終わった。

元々テストに向けて勉強を欠かした事のない周《あまね》と真昼《まひる》は余裕を持って取り組めたし、何ら躓《つまず》く事なくテストを終えた。

魔のテスト期間を乗り越え屍《しかばね》になっている千歳《ちとせ》はというと、テストが終わった瞬間に「自由だー！」と叫んで両手を挙げ快哉《かいさい》を叫んでいる。

「いやー、疲れましたなー！　二人のお陰で無事乗り切れたよ！」

「乗り切ったかどうかは結果が出てからだけどな」

「無粋《ぶすい》な事を言わないでよー、解放感に満ち溢《あふ》れてるんだからさー！　まひるんまひるん、お疲れ様会としてカフェでお茶しに行こー！」

「私は構いませんよ。えっと周くん、」

「俺《おれ》は樹《いつき》と遊びに行くから大丈夫だぞ。二人で楽しんでこい。遅くなるようなら連絡寄越してくれ、迎えに行くから」

一夜漬けの連続でへとへとな姿を見せていた千歳が明るい顔を取り戻しているのだから、引き留めるほど無粋でもない。恋人といえどお互いの時間は大切にするべきだし友達付き合いにいちいち口出しするほど狭量でもないので、真昼は真昼の時間を楽しむべきだろう。

あっさり頷《うなず》いた周に真昼は安堵《あんど》したようで、遠慮がちながら微笑《ほほえ》んで「じゃあ御言葉に甘えて」と千歳と遊びに行く事を決めていた。

そのまま笑顔の千歳に手を引かれて教室を出ていった真昼の背を眺める周に、樹が笑って背中を叩《たた》く。

「いつからオレと遊ぶ事になってたんだ」

「今から」

本当は約束していた訳ではないが真昼に気兼ねなく楽しんできてもらいたかったので、ああいう事を言った。樹もその意図を察していたからこそ黙っていたのだろう。

「はいはい。まあ、どうせ家に帰っても誰《だれ》も居ないし別にいいけどな」

「まあそれに俺はお前にハンバーガーを奢《おご》ってもらうつもりだから」

「なんでだよ」

「カラオケの猫耳」

「バレたか。椎名《しいな》さんも素直に言っちゃったんだなあ」

悪びれもせず笑った樹の背中を少し強めに叩き「別にいいけど一言くらい先に言え」と咎《とが》めておく。

怒っているというよりはいつの間に流出したんだという驚愕《きょうがく》の気持ちの方が強い。真昼が喜んでいるなら別にあの程度いいかと思うくらいには、真昼の事を猫可愛《ねこかわい》がりしていた。

「今度からそうするわ。次はどんなのがいいかな」

「反省してねえ」

まだまだスマホのフォルダに周の写真があるらしい樹がにやっと笑うので、周は微妙に眉《まゆ》を寄せつつも責める事はせず軽くひと睨《にら》みで済ませておいた。


真昼達がカフェでお茶をしているであろう頃、周は樹と共にハンバーガーショップにやってきていた。

高校生が駄弁《だべ》るのによく使うタイプのファストフード店であり、周と樹の他にも同校の生徒や他校の制服を着た学生の姿がある。

注文して出来上がったものを持って席についた周は、軽く周りを見て肩を竦《すく》めた。

「結構居るなあ」

「だな。うちだけじゃなくてあっちの学校もテストあったらしいなー。昨日他校のダチとやり取りしてたら言ってた」

「だからか。みんな明るい顔してるな」

「当初から余裕綽々《しゃくしゃく》だった君らがおかしいんすよ周くんや。……ま、それはさておき、冷めないうちに食うか」

樹に微妙に呆《あき》れたような眼差《まなざ》しを向けられたが、諦《あきら》めているのか彼はさっさと流して頼んだポテトをつまんでいる。

周も樹に倣《なら》って奢りのハンバーガーの包装をといてかぶりついた。

食べなれた味ではあるが、真昼の料理にくらべれば、ちょっと物足りなさを覚える。もちろんジャンキーなものもそれはそれでよいものだが、やはり真昼の料理が一番だな、と痛感した。

「……周が要求した割には椎名さんの料理が恋しいって顔してるんだけど」

「そういう訳では……まああるが、別に美味《おい》しいとは思ってるよ。一番がいるだけで。奢ってもらえたのはありがたいと思ってるし」

「はいはい。ほんと二人は仲睦《なかむつ》まじいというか……はよ結婚しろ」

「時が来たらな。まだ十六だし年齢的に無理」

「マジレスされた。つーかそうだよなー、やっぱそうだよなー。もう椎名さんからもそんな雰囲気漂ってるもんなー」

「うるせえ。悪いのかよ」

「いや、なんかホッとしたというか。近くに結婚前提にお付き合いしてる人が居るって勇気付けられる」

樹は樹で千歳との結婚を考慮してのお付き合いをしているので、そういった点でも彼にとって周は同志なのだろう。

違うところと言えば両親に認められているか否《いな》かなので、樹もいつかは父親に認められて千歳と揉《も》め事《ごと》なく結婚出来たらいいなと思っている。

「……ちなみに現状どうなってんだ、そっち」

「こっちは変わんないかなー。一応真面目《まじめ》にして文句言わせない程度の成績にしつつ主張は続けてくよ。これはオレにしかどうにも出来ないから仕方ないさ。そっちこそ、進展はどうなんだよ」

実家に一緒に行ったんだろ、とにまにま笑われながら軽く靴先で蹴《け》られたので、周も同じように蹴り返しつつオレンジジュースをすする。

「別に、これといっては」

「夏何してたんだよ……恋人が四六時中一緒に居るのに何もしないのはへたれすぎだろ」

「俺達は俺達のスピードがあるんだよ」

「なので、キスは出来たけどそれ以上はまだ、と。なんつーかピュアっピュアなお付き合いしてんねえ」

呆れというよりは微笑ましそうな生暖かい声だったので、微妙に苛《いら》ついてもう一度足を蹴る。

「……お泊まりくらいは誘ってるし。まだしないけど」

「むしろまだしてなかったのか。実家に挨拶《あいさつ》させておいてお泊まりはまだってある意味すごいな」

「うるせえ。……別にさ、何かしたいとかそういうつもりじゃないんだけどさあ……一緒に寝たいだけというか」

そういう事を望まないと言えば嘘《うそ》になるが、それよりも一緒のブランケットにくるまって穏やかに眠りにつくという心地よさの方を求めている。

真昼は添い寝が好きらしいので、単純に添い寝をしたら喜んでくれそうというのもある。

「恋人としてそれもそれでどうかと思うんだけどな。案外椎名さんはお泊まりしたいんじゃないか？」

「そこまで積極的でもないけどな。やっぱり心理的に抵抗はあるだろ」

「手出しなんかする筈ないのになあ。ちょっと怯《おび》えられただけでへたれるやつだぞ、拒絶の色がちょっと見えた瞬間尻込《しりご》みするに決まってるんだけどな」

「うるせえ」

へたれへたれと言われては面白《おもしろ》くないが、実際他人から見れば奥手のへたれだという自覚があるので、否定は出来ない。

「……ま、お前が押さないならそれでもいいんじゃないかな。どうせ椎名さんがちぃのアドバイスで頑張るだろうし」

「おいお前の彼女なんとかしろ。確実に俺の真昼に余計な知識を植え付けてる気がする」

「流石に必要な事しか言ってなさそうだとは思うけどなあ。お前ら奥手同士から進まないししゃーない」

今頃《いまごろ》何か吹き込んでるかもなあ、と笑った樹に、周は眉をよせて今ここに居ない千歳に「変な知識を植え付けるなよ」と念じるのであった。

真昼は連絡なしで夕方には帰ってきたため、迎えに行く事はなかった。

それについては別に思う事はなかった。ただ、帰って来た真昼の様子がおかしい事には言及せざるをえない。

「何吹き込まれたんだ」

確実に千歳に何か吹き込まれているのでじっと見つめながら問いかけると、ソファで隣に座っている真昼は油が切れた機械のようにぎこちなく顔を逸《そ》らした。

間違いなく図星だろう。

逃がすつもりはないので真昼にずずいと近寄って顔を寄せると、真昼が体ごと逃げようとする。

「何でもないです」

「何でもなくないと思うんだけど。何でもないなら俺の顔見て言ってくれ」

それくらい出来るだろう、と真昼に優しく声をかけても、真昼はこちらを見る事はない。

なので、周は背中を向けた真昼のお腹《なか》に手を回し耳元に唇を寄せた。

「真昼」

そうっと、吐息に混ぜ込むように優しく名前を囁《ささや》けば、分かりやすく体が震える。

真昼は耳元で囁かれるのに弱いと知っているのでわざとしているのだが、効果覿面《てきめん》のようで、包み込むように抱き締めつつもう一度呼べば、芯《しん》が溶けるように体が弛緩《しかん》した。

周の胸に背中を預けるようにもたれかかる真昼の顔を上から見れば、すっかり上気した頬《ほお》と潤みの強くなったカラメル色が不服そうにこちらを見てくる。

「……それはずるいです」

「何がだ？」

「耳が弱いって知っててそういう事をするのは卑怯《ひきょう》です」

「別に弱いのは耳だけじゃないだろ」

くすぐりに弱い事も知っているが、流石にそこまですると機嫌が悪化の方向に向くのでしない。

今回は口を割ってくれない真昼から聞き出すためにあくまで声で攻めているだけである。

少しからかうように笑えば、真昼が唇をきゅっと閉じてしまう。

何がなんでも言いたくないらしく、周にもたれながらも精一杯顔を逸らしていた。本当に嫌ならこの場から逃げるので、嫌というよりは言うのは抵抗が大きい、といったところか。

「ほら、さっさと言わないと物理的に口を割らせるぞー」

せる。

「……ぶ、物理的」

何故《なぜ》か途端に顔を真っ赤《まっか》にした真昼は、周と視線を合わせると更に恥ずかしそうに瞳《ひとみ》を伏

だろうか。

軽くくすぐって話すように促そうかという冗談だったのだが、セクハラをされると思ったの

ぷるぷる震える真昼に、流石にあんまりいじめすぎても駄目かなと真昼の背を掌《てのひら》で支え

ながら起こしてやると、真昼が体ごと振り返る。

その眼差しがほのかに湿っぽさと熱っぽさを帯びているので、周は一瞬唸《うな》りそうになりな

がらも頭をわしわしと撫《な》でた。

「冗談だよ、無理強《むりじ》いしないから」

「……冗談」

「真昼が嫌がる事はしませんー。言いたくないなら言わなくていいけど、あんまり千歳の言う

事は真に受けるなよ」

どうせ真昼が積極的になれとか言っているのだろうが、あまり積極的になりすぎてこちらが

理性を飛ばしても困るので、控えめにしてほしいものである。

周の心情や肉体的な問題はさておき、この先長く共に在るのだから別に急ぐ必要もないだろ

う、そう思っての発言だったのだが、真昼が微妙に眉を寄せた。

「……少なくとも、男女交際に有益な事は教えてもらっています」

「へえ、どんな？」

「そ、それは言えませんけど……でも、千歳さんは交際歴の長い先輩なのですから、役に立つ事は教えてもらっています」

「……余計な知識は必要ないと思うんだけど」

「それを余計かどうか決めるのは私です」

そう言われると反論は出来ないのだが、それでも周としては真昼に変な知識を植え付けられてぎこちなくなったり妙な挑戦をされるより、ゆっくり少しずつ進んでいきたいのだ。

困ったなあ、と肩を竦《すく》めた周に、真昼は少しだけ顔を俯《うつむ》かせる。

「……好きな人に、もっと好きになってもらいたいとか、色々な方法で仲を深めたいとか、思う事は、余計な事なのですか」

しょげたような声に、言い方を間違えたのだと思い知らされる。

彼女からしてみれば周ともっと仲良くなりたいからこそ千歳に助言をもらっていたというのに、それを余計な知識と切って捨てられるのは悲しい事だろう。

真昼を傷つけるつもりも悲しませるつもりもなかったのだが、周の言葉に傷ついたのは事実だ。

謝ろうと彼女に手を伸ばした瞬間、周は体に衝撃を受けた。

いきなりの事によろめいてソファに寝転がるように倒れた周に、真昼が何故か上に乗るようにもたれかかってくる。というよりのし掛かってくる。

非常に危険なアングルなので視線を何処《どこ》かに逸らそうと上向かせれば、真昼と目が合う。

重力に従い垂れた前髪から覗《のぞ》く瞳は、どこか悪戯《いたずら》っぽいものだった。

「……千歳の入れ知恵?」

「私には押しが足りないそうなので」

「物理的だなおい。さっきのは演技ですか、お嬢さん」

「いえ、悲しくなったのは事実です」

苦笑気味に落とされた言葉に申し訳なさが胸から滲《にじ》んで、周は思わず真昼の背に手を回す。

周の鎖骨辺りに一度顔を埋《うず》めた真昼が「わぷっ」と軽く声を上げるのも構わず、いじらしく愛《いと》おしい彼女を抱き締めた。

柔らかい感触を感じると内側から昂《たかぶ》りを覚えるし、ほんのり香るシャンプーの香りに心臓は跳ねるが、それよりも彼女を大切にして愛《め》でたいという気持ちの方が強かった。

「ごめんな、余計とか言って。その、なんというか、千歳から刺激が強そうなものを与えられてそうで」

「そ、そこまでではないと思いますよ、まだ」

「まだが気になるところだが、さておき。……真昼が千歳から助言を受けるのは、真昼の自由だ。ただ、俺としては、千歳があれこれアドバイスするのは、面白くない」

「面白くない？」

「これは俺個人の感想だけど。……その、一緒に少しずつ知っていけたらと思ってるし、進んでいけたらと思ってたから。先にあるものばかりを見て今の時間とか空気を楽しめないのは、ちょっと違うな、と」

へたれと言われればそれまでなんだが、と苦笑いしながら付け足して、そっと息を吐く。

千歳のアドバイスを起爆剤にしているのは分かるし、それは真昼が周の事を心底好きだからこそしているのだという事も理解している。その気持ちは非常に嬉《うれ》しい。

それはそれとして、急いで形を作るのは、違うと思うのだ。

「ごめん、情けない事言った。俺が単に臆病なだけだよ」

「……ううん、周くんは私の事を好きでとても大切にしてくれていると、よく分かりました。……その、なんというか、私としても……急ぎたいという訳ではなくてですね、周くんが……その、嫌じゃないのかなって」

「嫌じゃないって？」

「……その、が、我慢、させてます、し」

周に密着しつつ微妙にもぞもぞと恥ずかしそうにしている真昼に、何を言いたいのかよく分かったのでいつになく苦い笑みが出てしまう。

真昼に向けたものではなく、堪《こら》え性のない自分に向けて、だが。

ほんの些細《ささい》な事でこうも反応してしまうというのは若いというか青い証拠なのだろう、となんだか少し他人事のように認識しつつゆっくりと体の熱を外に逃がすように意識する。

これ以上存在を意識させるのも、真昼には酷だろう。

「嫌じゃないよ。まあ、そりゃ男なので色々思う事はあるけど、無理に進みたい訳じゃない。それに、真昼だって怖いだろ」

「……はい」

「じゃあいいよ。自分達のペースでいいんだから」

頭をくしゃりと撫でれば、真昼は安心したように笑って、周の胸に頬ずりする。

正直なところ、自分の上で体を寄せてくるこの状況にはとても思うところはあるが、愛おしいという気持ちが先に来て何かする気にもなれず、周は静かに彼女の背中を撫でる。

「それはそうと、早めに退《ど》いていただけると」

「重いですか？」

「重くはないけど……分かってくれ」

弁《わきま》えてくれ、というニュアンスを込めて背中をぽん、と優しく叩くが、真昼は退く気配がない。それどころか、密着度合いを高めてこちらを窺《うかが》ってくる。

思わず苦い顔をして唇を結ぶと、真昼は照れたように瞳を伏せたが、やはり離れるつもりはないようだ。

「もう少し、こうしていていいですか？」

「……好きにしてくれ」

無理に退かす事も出来たが、真昼が望んでくっついているので、真昼の意思を尊重するつもりだ。

仕方ない、と嬉しさやら恥ずかしさを飲み込んで小さくため息をつき、すりすりとご満悦そうな真昼の頭に手を置いて丁寧な仕草で柔らかい髪を梳《す》いた。

第3話　天使様のおねだり

次の週には、夏期休暇明けテストの結果が出ていた。

予想通り、いつもと変わらず真昼《まひる》の名前は一番上に載っている。それを誇るでもなく静かに見つめていた真昼は、周《あまね》の視線に気付いて淡く微笑《ほほえ》んだ。

若干よそ行きの天使の笑顔であるが、その眼差《まなざ》しに強い信頼の愛情が込められているのは、見てとれる。

「ん、一位おめでとう」

「ありがとうございます」

「いっつも頑張ってるから成果が出続けてるんだよなあ、えらい」

日頃から周の世話を焼いているのにもかかわらず一位を取って余裕の見える態度は、自分が今まで培ってきた知識とたゆまぬ努力に裏打ちされたものだろう。

周と過ごしている時もよく参考書を解いていたり暗記カードを眺めていたりするので、周が見ているだけでも勉強に手を抜いた様子はない。

「そういう周くんこそ、今回は五位でしたね」

「ありがたい限りだ。真昼の教え方が上手《うま》いお陰でもあるよ、これは」

「ふふ、お褒めいただき光栄です。周くんは飲み込みが早くて教えるのも楽しいです」

「そりゃどーも。……普段の生徒はどうなんだ」

「やる気が出た時の集中力は目をみはるものがありますけど、普段はその、苦手意識が先に出てしまうみたいで」

「千歳《ちとせ》らしい」

ちなみに千歳は真ん中辺りに居たので、お手製のプリントが役に立ったようだ。

樹《いつき》も普段より順位はよく、いつもより二十位ほど上がっていたので彼の努力が見える。普段は飄《ひょう》々《ひょう》としつつも何だかんだやれば出来るタイプの男なので、今回はそのやる気が仕事をしたのだろう。

「とりあえずこれでしばらくは一安心ですね」

「帰ったらテストの答案持ち寄って反省会だなあ。どっかミスってたみたいだし、癖《くせ》にならないうちに復習しておきたい」

「そうですね。実に勤勉でよろしいです」

「そりゃ隣に立って恥ずかしくない程度にはなっておきたいんでね」

基本的に、周は周囲に居る優秀な友人達には及ばない。

学力面では当然真昼には劣るし、優太《ゆうた》のように運動神経に優れている訳でもなければ樹のような天性のムードメーカーでもない。顔はまあまあ整っていると言われるが、生まれつきに加えてたゆまぬ努力によって磨かれた真昼の美貌《びぼう》と釣り合うかと言えば否《いな》だ。

周と真昼はお互いに好き合っているからこそ付き合っているが、他人からすれば納得のいかないものである。

だからこそ、少しでもうるさい外野を黙らせるために、そして隣に立って胸を張れるように、出来る範囲で努力している。勉強はそのうちの一つだ。

「それに、まあ、成績いい方がチャンスはあるしなあ」

「何のですか？」

「んー。将来的に自分の望む就職が出来るように？」

成績だけが全《すべ》てではないが、成績がよければ成績がふるわない人間よりも自分が求める知識や経験を得られる環境に行ける機会が増える。

親が勉強していい成績を取れというのは、つまるところ選択肢を増やすために促しているのだ。

将来したい事が出来た時にそのしたい事に手を伸ばせるか、先んじて自分の手札を増やしておけばあとで苦労も後悔もしなくて済む。

周の両親は、周が比較的自発的に勉強するし成績がよい機会に繋《つな》がると理解しているので最低限の注意しかしないが、それでも「チャンスを摑《つか》むため、手繰《たぐ》り寄せるためには勉強はしておいた方が後悔しない」と周に言い聞かせていた。

　中学生時代はそれを煩《わずら》わしく感じた事もあったが、高校生になって親と離れて、そして大切な人を見つけて、改めて努力の必要性を痛感した。

「なるほど。現実的で計画的ですね」

「まあそれは真昼もだろうけど。それに、頼れる男になりたいから」

「は、はい？」

「支えたい相手に精神的にも金銭的にも養われるなんて嫌だからな。支え合うのであって、一方的に寄りかかるなんてあっては駄目だろ」

　生活的には養われる気しかしないが、流石に真昼に金銭面でも養われたりしたらちっぽけなプライドがズタズタになりそうである。

　出来れば、真昼を養って余りあるくらいには稼ぎたいものだった。

　周が何を言いたいのか理解したらしい真昼がほんのりと頰《ほお》を染めて「そ、そうですか」とぎこちなく返すので、周はつい笑ってしまった。

「相手が優秀すぎるから俺《おれ》も頑張り甲斐《がい》があるよ」

「う、ご、ごめんなさい……？」

「いーや、真昼は真昼らしく居てくれたらいいので。これは俺が勝手に頑張る事だから」

「……じゃあ勝手に私も応援しておきます」

小さく笑って「まずは反省会ですね」と軽く周の裾《すそ》を摘《つ》まんだ真昼に頷《うなず》いて、周は真昼を伴って教室に戻った。

「そういえば、ご褒美はクッションでよかったんだよな?」

帰宅して夕食後に反省会を開催した周は、隣で周が誤答した問題の解説をしていた真昼に問いかける。

ノートから顔を上げた真昼は、クッションという言葉に微妙に視線を泳がせた。

「……その、あの、クッションは、欲しいです」

「うん、あれでいいならどうぞ」

「そ、それとは、別に、あの」

「他に何か欲しいものがあるのか?」

「ほ、欲しいというか……その」

何やら非常に言いにくそうにしている真昼に、とりあえず落ち着けという意味も込めて優しく頭を撫《な》でる。

基本的にわがままやおねだりをしない真昼が何かを望んでいるのだ、叶《かな》えてやりたいと思うのは当たり前だろう。

撫でられた真昼は僅《わず》かにふやけた笑みを見せるが、すぐに恥ずかしげに顔が俯《うつむ》く。

「そ、の。き、きす、してほしいです」

「キス？」

別に頻繁にしている訳ではないが、かといって全くしない訳でもない。お互いにそういう雰囲気になった際に軽くしている。確かにある種ご褒美ではあるのだろうが、わざわざ一位になった際のおねだりにしてはいつも通りなものの気がする。

それだけでよいのだろうか、と思いながらも、真昼が望むならこれくらい幾らでも叶えたい。

「……じゃあ、お望み通り」

出来うる限り優しく囁《ささや》き、吐息に微《かす》かな笑みを乗せた周は、刺激しないようにゆっくりと閉じた唇に自分のものを重ねた。

真昼はどこもかしこも柔らかくて瑞々《みずみず》しい。

それは唇も同様で、きっちり保湿された唇はふにふにと柔らかく、自分のものよりも潤っていた。

その上ほんのりと甘さを感じるのは、真昼本体から滲《にじ》み出る甘さなのかもしれない。

薄紅の唇を軽く啄《ついば》みつつ、柔らかさをゆっくりゆっくり堪能していく。

周の唇が真昼の唇を撫でて食《は》む度にびくびくと体が震えるが、逃げたり嫌がったりはしないので、受け入れてくれているのだろう。

（……かわい）

口付けながら真昼の顔を見れば、くすぐったそうにしたり心地良さそうにしたりと、悪くない反応が見える。

恥ずかしがりつつもキスは好きなようなので、周も心置きなく出来た。

流石に唇を舐《な》めた時は分かりやすく体を揺らしたが、すぐに触れた唇や体から力が抜ける。

へにゃり、と体も表情もふやけた真昼が可愛《かわい》らしくて、また唇を啄んだ。

あくまで、軽いキス、という枷《かせ》をかけた、拙《つたな》い睦《むつ》み合い。けれど今の周にはこれだけでもくるおしいほどに熱と愛情が奥底から湧《わ》いてくる。

少しずつ緩み始めた理性の隙間《すきま》からもっと、と欲求が滑り出して、唇がそれを叶えようと真昼を味わう。

たっぷりと真昼の唇を味わっていると、真昼が何かを訴えたげに胸をぽふぽふと叩《たた》く。

嫌がっている素振りはないし限界という様子も見えないので、単にもういいという意思表示なのかとゆっくりと唇を離すと、真昼は赤らんだ頬をそのままにこちらを見上げてくる。

「……そ、の。と、途中、で、やめないでほしかった、と、いうか」

「今のはやめてくれの合図じゃなかったのか？」

「ち、違います。そうじゃなくて……あの、ですから、その先のキス、というか」

躊躇《ためら》いがちに、そして恥じらいをこれでもかと詰め込んだか細い声で続けられた言葉に、周は彼女が何を求めていたのかを遅ればせながら理解して、小さく呻《うめ》いた。

真昼の求めるキス、というのは、触れるだけのものより進んだ、恋人が深い繋がりを求めてする口づけのもの。だから途中で唇を舐めても嫌がらないどころか僅《わず》かに唇の力を緩めたのだ。

まさか真昼が、という気持ちがあったのだが、その気持ちが真昼にも伝わったのか顔を赤らめて瞳《ひとみ》を伏せる。

「そ、その、はしたない、のは、分かっています。でも、私も……周くんに、応《こた》えたいし、もっと……周くんを、知りたい、です」

「お、おう……その、今まで、そういうの、苦手かと思って……」

「……そういうお話を聞くの、恥ずかしかったですけど……周くん、と、なら」

あまりにいじらしく健気《けなげ》な事を言われて後頭部がカッと燃え上がりそうなくらいに、熱い。

そして、真昼も周と同じくらいに熱を感じていそうなほど、頬を紅潮させている。本音を口にしたせいか緊張と羞恥《しゅうち》に震えて、それでいて周をひっそりと窺《うかが》う眼差しは、淡く、そして紛れもない期待が混ぜ込まれていて。

先程まで味わっていた唇の艶《つや》やかさを改めて目にして、周は自然と離れていた唇をもう一度寄り添わせた。

真昼は小さく喉《のど》を鳴らして困惑を表現したが、それもすぐに溶けて消える。

ほんの少しだけ、と自分に言い聞かせながら、ゆっくり、ゆっくりと真昼のペースに合わせて、あくまで自分は余裕を持っていると思い込みながら、真昼の熱を味わう。

ここで理性を手放すと、もっともっとと際限なく求めてしまうため、ほんの少しの交わりで止めたのは、周にとっては英断だった。

ドッ、ドッ、と心臓が自分でも分かるくらいにうるさい。たった数分にも満たないだけの口づけが、ここまで身も心もかき乱すなんて、思ってもみなかった。

真昼は、唇を離した事をとろけた眼差しでほんのり残念そうに見てきて……周は、色々と直視出来ずに真昼を抱きしめて首筋に顔を埋《うず》めた。

「……そんなに、物欲しそうにしないでくれ。俺が死ぬ」

「そっ、そんな、筈」

「ほんとにしてた。……お望みは、叶いましたか」

耳元で囁くと分かりやすく体は揺れたが、すぐに周を抱き締め返した真昼が「はい」と小さく返す。

これでもっとと言われていたら、周はどうなっていただろうか。恐らく、踏み越えていただろう。

(……危なかった)

そして現在進行系で、まだ危ない。勢いで真昼を抱き締めて首筋に唇を寄せているが、自分からまた燃料を注《そそ》ぎに行った気がしてならない。目の前にほっそりとした、とてもいい匂《にお》いを漂わせる白い首筋があって、反応しない訳がない。

自ら餌を目の前にぶら下げた愚かさに内心で頭を抱えるポーズを思い浮かべつつゆっくりと顔を上げれば、先程より何故《なぜ》か顔の赤らみが濃くなっている真昼が居た。

「あ、あまり、そこは……く、くすぐったい、というか」

「……真昼、首とか耳、弱いもんな」

反応が可愛らしくて、よくない、と思いながらももう一度首筋に顔を埋めて微《かす》かに唇でなぞると、分かりやすく体を震わせて「ひゃっ」と甘い声を上げる。

真昼が動いたせいか、その甘い声の糖度が漏《も》れ出たかのようにふんわりと甘く、かといって甘すぎない柔らかなミルクのような香りが鼻先をくすぐった。

理性までとろかしそうな香りに、周は真昼から離れられずただその香りと温《ぬく》もり、滑らかさを堪能してしまう。

「すごくいい匂い」

「それは……お風呂《ふろ》入った後、保湿のためにボディーミルク塗ってますから。それでしょうか」

今日は来る前にお風呂に入ったらしくいい匂いを漂わせていたと思っていたが、どうやらボディーミルクの香りだったようだ。

ただ、それとは別に真昼本来の香りもある気がする。

何もしなくてもふんわり甘い香りがする彼女は手入れに余念がないようで、肌の保湿までしっかりしているようだ。

「これ以上すべすべもちもちにしてどうするんだ」

「塗る他にも色々気を付けてるからすべすべもちもちが保てるのです」

「女の子って大変だなあ……よくそこまで頑張れるよな」

「……それはその、私のためですから」

「まあそうだな。自分磨き好きだよな、女の子はおしゃれするの好きだもんな」

真昼は元々着飾るのは好きらしいので、周と付き合わずとも美に対する拘《こだわ》りが消える事はなかっただろう。

そもそも、周は女の子が男のためにおしゃれをするなんて幻想を抱いている訳ではない。自分のためにしているというのは理解しているので、真昼の言葉にも頷けた。

ただ、真昼はそれだけではないらしく「……それも、あります」と小さく返す。

「それも、って事は他にあるのか」

「……ですから、その。……触り心地がいい方が、いいでしょう?」

「まあそりゃ自分の体だからな」

自分の体に一番触れるのは自分なので、触り心地がいいに越した事はない。

「そ、そうじゃなくて……周くんが触った時」

そう思っていたからこそ、真昼の言葉に「へっ」と間抜けな声をあげてしまった。

「もし、周くんが触った時、カサカサで幻滅されるの、やですし……すべすべもちもちしてた方が、触ってる方もいいでしょう?」

「そ、そう、だな」

まさか周に触られる前提があったとは思わず、分かりやすくうろたえてしまう。

真昼は真っ赤《まか》な顔になりつつも言葉を取り消すつもりはないのか、周に抱き付く力を強めつつぷるぷると震えていた。

「か、勘違いしないでくださいね。周くんのためというか、自分のためというか……その、周くんにいっぱい触ってほしいのは、私の願いなのです」

「……触ってほしく、て?」

「……触られるの、心地いいし、幸せです、もん。もっと、周くんから触って、求めてくれるように努力するのは、当然というか」

躊躇《ちゅうちょ》に羞恥を放り込んだ、上擦《うわず》った声で紡《つむ》がれた言葉は、周の抑えていた理性の縄を緩めるには充分だった。

駄目だ、と遠い所で静止の声が聞こえた気がしたが、それがいかに無力なのかは本人が一番理解している。でなければ、こうして真昼に触れていない。

ふわりとはにかむように微笑んだ真昼の唇を塞《ふさ》げば、喉を鳴らしたような音が隙間から滴り落ちる。

それも吸い取るように唇を割って内側に潜り込んでしまえば、声は掠《かす》れてか細く甘いものになった。

こういった口付けは、お互いに先程が初めてな筈なのに、どうしてか自然と深く深く真昼《まひる》を求めるように貪《むさぼ》っていた。

くらくらと思考が揺れるのは、真昼に夢中で息をつく暇がないからか、本能がもっと先へと欲求を深めて留《とど》めるもの全《すべ》てを溶かしてしまおうとしているからか。

どちらにせよ、ぐすぐずに溶けてしまった思考は、もっと真昼を堪能しようと腕の中から自分の下に来るよう押しやっていた。

倒れ込む形でソファに横になった真昼が訳も分かっていなそうに瞳《ひとみ》を濡《ぬ》らしながら視線を必死に周《あまね》に留めている。周は、眼差《まなざ》しによる問いかけには答えず、もう一度柔らかな唇に吸い付いた。

抵抗する気力がないのか、そもそも抵抗するつもりがないのか、単にどうしていいのか分かっていないのか。

ただされるがままの真昼は、すがり付くものを探して手を動かす。

もぞりと動くそれを掌同士合わせるように握れば、安堵《あんど》したのか体の強張《こわば》りをといた。

というよりは、周に翻弄されて訳が分からなくなってふやけた、といった方がいいのかもしれない。

その、周を信頼しての仕草に、許されたような気がして。

体の奥から駆け上がる愛《いと》しさと熱をたっぷりと真昼に注《そそ》いで、それから真昼から溢《あふ》れてくる全てを飲み込んで、どうしてかひどく甘く感じる真昼をたっぷりと味わってから、ゆっくりと唇を離す。

はぁ、はぁ、と短く荒い呼吸を繰り返しながら呆然《ぼうぜん》と、そして甘ったるくとろけきった眼差しで見上げてくる真昼を見下ろした。

「……これでも、もっと、していいって、思ってくれるか？」

ひたすらに優しく問いかけながら首筋をなぞると、真昼は分かりやすく体を震わせた後、視線をふわふわと漂わせる。周に上手《うま》く合っていないのは、目を逸《そ》らそうと無意識にしているからかもしれない。

ギリギリのところで戻ってきた周は、未《いま》だに湧《わ》き出《で》る衝動と熱を抑え込みながら、真正面から真昼を見下ろした。

未だに絡《から》み続ける真昼の片手をやんわりと解き、体を起こす。流石にこれ以上組み敷いた状態で居ては、周も色々保《も》たない。

「……俺《おれ》は、真昼が思っているよりもずっと、堪《こら》え性はないよ。頑張って我慢してるのに、このザマだ」

大切にしたい、と思っているのに、欲求と衝動が背中を押しただけでこうも上手くいかなくなる。自分が男なのだとはっきり痛感して、少しだけ自分が嫌な気持ちが湧いていた。

「多分、真昼は、そういうつもりじゃなかったと思うんだよ。ただ触れてほしいだけ、幸せな気持ちに浸りたいだけ。体の都合を持ち出したのは俺だからな」

周は真昼が心底好きで、真昼を大切にしたいし幸せにしたい。

そう思っているからこそ、手を出しても嫌がらないと分かっていても我慢していた。寝床でいい雰囲気になっても押し倒さなかった。

それなのに、真昼の言葉一つで、危うく全部忘れて真昼を自分で満たしてしまうところだった。

「急に、無理やりして、ごめんな」

「何で、私が、嫌がってる前提なのですか……？」

申し訳なさから少しだけ目を逸らしていた周に、僅かな震えを含んだ声が届く。

「そ、の。い、嫌だなんて、微塵《みじん》も思ってません。さっきのはびっくりはしたしすごくどきどきしたけど……周くんに怒ったり、拒もうとか、嫌いになったりとか、してません」

「怖くなかったのか」

「怖いというより、急すぎて驚いただけと言っています。だって、こんな……周くんが、積極的なの、初めて、ですし」

そこで改めて真昼の顔を見ると、耳まで真っ赤《まっか》になった姿で、しかし決して嫌悪も拒絶もない、羞恥と、ほのかな……期待が混じった眼差しを、向けていた。

「いきなりあんな、キスされたら、誰《だれ》だって戸惑います」

「……うん」

「ですから、そんな、後悔したような顔、しないでください。……その、周くんに、あんなに、たくさん好きって主張してもらえて、嬉《うれ》しかった、です。つ、次からは、その、もう少し……心の準備を、させてください。あと、激しくない方向で、お願いします」

嫌だとは言わず、むしろ次を受け入れるつもりらしい真昼に、周はついくしゃりと顔を歪《ゆが》めてしまった。

「真昼、ごめ、」

「謝ったら怒りますすよ」

「……ありがとう」

「よろしい」

素直にお礼を言うと仕方ありませんねえ、と言わんばかりの微笑ましそうな笑顔を向けられて、きゅっと唇を結ぶ。

結局真昼が寛容だからよかったが、真昼でなければ嫌われていたかもしれない。

我慢出来ない自分にほんのり失望と、真昼の優しさと愛情に安堵を抱きながら、落ち着いたらしい真昼を優しく撫でる。

心地よさそうに瞳を細める真昼に無性に愛おしさを感じたが、先程半ば無理《むりじ》強いしたので勢いでキスする訳にもいかず、ただ優しく丁寧に触れるだけに留めた。

「周くん、分かりやすいですよね」

「え？」

「今度はやりすぎないようにしようって気を付けてるの、目に見えてます」

「仕方ないだろ。……やりすぎると、物理的に、襲うし」

「周くん。私は本当に嫌なら、再起不能にしてますよ？」

「……懐かしい事言うなあ」

真昼と夕食を共にする事が決まった時に交わしたやり取りを思い出してつい笑う周に、真昼もおかしそうに笑う。

「ふふ。ですので、安心してください」

「それ、安心していいのかなあ。……真昼、俺がする事基本的に嫌がらないだろ」

「あらバレましたか。でも、周くんが私に合わせてくれているお陰ですよ？　自分の事を優先出来ないですもんね、周くん」

上品に笑いながら、起き上がって周の頬《ほお》に音もなく触れる真昼は、先程の混乱も戸惑いもなく、穏やかな笑みをたたえている。

「……その、私としては……もう一度、ちゃんと、したいです」

どんどん声が尻《しり》すぼみになり恥じらいを含んでいくのは、自分からねだっている事についついて羞恥を覚えたからだろう。

もう一度、という言葉にさっと顔を赤くする周だが、真昼がどこか期待するような眼差しを向けてくるので、自分でも驚くほど自然と、その唇を奪っていた。

今度は、真昼も受け入れるように周の背中に手を回す。

先程は衝動のままに深い口付けをしていたが、今回は奥で恥ずかしげに縮こまっている真昼を宥《なだ》めるように優しく触れる。

愛おしい、という気持ちをたくさん込めての口付けは、真昼を先程よりもずっととろけさせた。

微《かす》かにこぼれる艶やかな甘い声は、周だけのもの。

そう考えればますます愛おしくて、がっつかないように必死に堪えながらゆっくりと、お互いの熱を分かち合う。

まるで溶け合っているみたいだ、と控えめながら応《こた》えてくれる真昼に幸福感を覚えつつ口付けを続けていると、しばらくするともう限界だと背中を叩《たた》かれた。

あまり長くしては真昼も困ると名残《なごり》惜しげに唇を離して見下ろせば、顔が緩んでふやけた真昼が息の荒さに涙を滲《にじ》ませながら、周から逃れるように視線を下げる。

「こ、これ以上は、その、色々と限界なので、今日はだめ、です」

「うん」

「……その。嬉しかったですし、幸せです。ご褒美、もらいすぎちゃいました、ね」

はにかみながら照れくさそうに呟いた真昼に、周はあまりの愛おしさに唇を奪う事はなかったもののその細い体を離すまいと抱き締め直した。

第4話　文化祭は波乱の予感

中間考査を終えて次に待ち構えているイベントは、一年に一度の大きな催し物である文化祭だ。

周《あまね》達が通う学校はこういった生徒が一丸となって行うイベントには力を入れているので、クラスごとの予算も多く、毎年凝った出し物をする傾向にあった。

「という訳でクラスの出し物を決めるぜいえーい！」

当然クラスで何をするかはクラス全員で決めるので、その時間がやって来れば自然と盛り上がる事になる。

ノリノリで教壇に立っているのは、樹《いつき》だ。

お祭り好きの樹が文化祭委員に立候補するのは分かっていた事だが、本当にその座を勝ち得ているあたり笑うしかない。

水を得た魚のごとく生き生きとしている樹は、どこからか持ってきた指示棒で黒板にどデカく書かれた注意事項を指す。

「えーえー、文化祭の出し物だけど、まず大切なのは学年ごとに飲食店の数は決まってます。

大体どのクラスも飲食店は候補に入ってくるから、飲食店の場合は熾烈《しれつ》な争いが予想されるのを覚悟しといてくれよな」

当たり前ではあるが、出店できる飲食店の数は決まっている。

遣り甲斐《やがい》があり経営の実践が出来る飲食店は人気があり、下手をすればほとんどのクラスが希望する場合もある。

それでは飲食店ばかりになってしまい多様性に欠けるので、制限が設けられる。それに加えて調理実習室のスケジュールの関係や衛生指導の関係で、どうしても全《すべ》ての希望は叶《かな》えられないのだ。

「それから、予算やら使えそうな学校備品は配ったプリントに記載してるので確認してくれよな。それに書いてなくても購入したいものはその都度確認するから。とりあえずは予算内で出来そうなものをいってくれよ。……さてさて、やりたい出し物がある人は挙手してくれ」

樹の問いに我先にと手を挙げたクラスメイト達。

みな爛々《らんらん》とした瞳《ひとみ》をしているのは、それだけこのイベントが重要なものであるからだろう。学生にとって文化祭というのは一大イベントであり、楽しみにしているものなのだ。

(まあ俺《おれ》は去年適当に過ごしたけど)

学生らしい瑞々《みずみず》しさや初々《ういうい》しさなど欠片《かけら》もなかった周は、文化祭も適当に過ごした。出し物もホームメイドの品を販売するタイプだったので、言われた通りに作って順番の時に店番をした程度だ。

なので、彼らの盛り上がりはどこか遠くから見てしまっている。

「はいはーい！　やはりここは定番の喫茶店がよいと思います！」

「ほうほう、想定内ではあるなあ。ちなみにただの喫茶店？」

「メイド喫茶でどうでしょうか」

「ほら、このクラスは椎名《しいな》さんが居るから……絶対に似合うと思うんだよ」

付け足された言葉は小声になりながらちらちらと真昼《まひる》を見るクラスメイトに、何だか少し面白《おもしろ》くないものを感じるが、口に出す事でもない。

ここで文句を言うのも大人気《おとなげ》ないので、勝手に言う分にはしばらく静観の構えである。

「ははは。予算の事何も考えられてない気がするがその意気やよーし。とりあえず候補には入れておくとしよう」

真昼のメイド服、という言葉に色めき立つ男子達に呆《あき》れた眼差《まなざ》しを送っていると、樹と目が合う。

視線でいいのかと聞かれて、周は渋い顔をした。

いいか悪いかで言えば、悪い。

ただでさえ真昼は普段から見世物に近い形で目立っているのだ。

最近はその可愛《かわい》らしさに磨きがかかってきたとも言われていて、そんな真昼にメイド服なん

て着せたら生徒が群がる事は確実であり、真昼が対応に困るだろう。

逆に言えばメリットとして売り上げ自体は確約される。真昼の存在は絶対的な広告塔になり、一目見ようと男子達が押しかけてくるに違いない。

当の真昼は自分を話題に出されて何とも言えない困ったような笑みを浮かべている。

当然だろう。自分を見世物にされるなんて気分がいいものではない。

ただ、これはあくまで提案であるし、言ったそばから駄目出しする訳にもいかない。真昼が本当に嫌がるなら周が拒むしかない。

「まあメイド喫茶というのは男の憧《あこが》れかもしれんが、予算も考えて提案しろよー。はい次に意見ある人ー」

樹の促しにお化け屋敷だのカレーやうどんといった定番のお店を挙げていって、黒板が白い文字で埋められていく。

ただ、皆の……というよりは主に男子の関心はメイド喫茶というものにあるようで、ひそひそと話し声が聞こえる。

「やっぱ椎名さんのメイド服が……」

「いやでも藤宮《ふじみや》のやつがいるから……」

「いや、藤宮も男だ。彼女のメイド服は見たいだろう」

聞こえてはいるが、残念ながら賛成する気はない。

全く見たくないと言ったら嘘《うそ》になるが、見せびらかしたい訳ではない。真昼が疲れるのも分かっているので、進んでさせたいとは全く思わなかった。

視線を送りつつ鋭い眼差しを送れば、視線に気付いたのか勢いよく目を逸《そ》らされた。

その様子を見ていたらしい真昼が小さく笑っているので、彼らを睨《にら》むのは優しめにしておく。

「ちなみに周さんや、提案は？」

急に樹から声をかけられて、周は渋い顔も隠さずに樹を見る。

「何で俺に聞くんだ」

「物言いたそうにしてたから？」

それは樹に対してではないが、樹に名指しで呼ばれて周囲の視線を集めているので、何も言わないというのも空気が悪くなる。

どうしたものか、と考えて、一番楽そうな提案を口にする。

「強《し》いて言うなら、郷土史辺りの調査してまとめたものを展示発表するくらいがいいかな」

提案にクラスが静まり返ったのは、誤算だった。

盛りあがっているところに水をさしたような空気になってしまって非常に居心地が悪い。

「なあそれ誰得《だれとく》なんだ」

「この盛り上がりで敢《あ》えての大真面目《まじめ》なやつ行くのか」

「割と良いもんだと思うけどな。展示発表って、準備期間中に調べるだけ調べて資料にまとめるだけだろ？　そうなれば文化祭期間中は展示場所に数人交代でいれば、残りの皆は自由行動。クラスで催し物をしているという気分はあまり味わえないだろうけど、文化祭そのものはめちゃくちゃ楽しめるんじゃないのか。時間気にしなくていいから他のクラスの出店見放題だぞ」

言い方を変えれば、クラスのあちこちからなるほど、といった声が聞こえた。

正直に言えば周もこの年一の大イベントで郷土史の展示発表、は流石に学生的には面白みに欠けるとは理解している。郷土史も重要なものであるのは分かるだろうが、それを今するか？という疑問が湧《わ》くに違いない。

学生が多少羽目を外しても怒られない文化祭でわざわざ用意するというものではあまりないと思うが、周が本当の目的にしているものはその先の自由行動の猶予だ。

飲食店は人気だが、どうしても人手が要るし労力は大きく、当日の拘束時間も長い。

お金を取り扱う以上店には慎重にならざるを得ず、問題が起これば学内外両方の騒ぎになり、非常に苦労するのは見えている。

何かの展示発表という形なら、文化祭の期間が二日なので拘束時間は一人あたり一時間にも満たないだろう。非常に手間と時間効率がいい。

当日は飲食店、物品販売と違って金銭のやり取りも発生しないので、気楽に立っていればいいだけというのも大きい。

さらに加えるなら、接客や容姿、調理の腕に自信がない人間にとっては、これほど苦がない出し物はないだろう。周もこちらの部類なので、よく分かる。

「なんつーかお前らしいというか」

樹は呆れを隠していなかったが、周はただ提案しただけなのでそっぽを向いて唇を閉ざす。

真昼も周くんらしいといった視線を向けてくるので居心地が悪いが、もう言ってしまったものは取り返せないのでそっとため息をつくだけにしておいた。

「えーじゃあメイド喫茶が得票最多なのでメイド喫茶に決定だけどいいかー？」

結局のところ、男子票が多く入ったメイド喫茶に仮決定する事になった。

「ただまあこれから生徒会に決定を伝えてそこからは恐らく抽選になるので、抽選から漏《も》れたら二番のお化け屋敷になるぞー。あと、衣服に関しては確実に予算内で用意出来るものじゃないしツテ探す事になるから、心当たりのあるやつは先にそのツテに聞いておいてくれ。なければ普通の喫茶店になるから覚悟しとけよ」

進行を任されている樹は持ち前の明るさと要領のよさでてきぱきと必要事項、注意事項を口にして、生徒会に伝えに行くのか教室を出ていった。

分かりやすく空気が緩んでざわつきだしたことに周は小さくため息をついて頬杖《ほおづえ》をついたところで、真昼が近づいてくるのに気付く。

「どうするんだ」

「どうすると言っても……決まったものは仕方がないですから」

苦笑を浮かべる真昼に、仕方ないとはいえ微妙にもどかしさを感じてしまう。

「嫌だったらちゃんと言っとかないと駄目だぞ」

「嫌という訳ではないですけど……その、周くんはメイド服、嫌いです？」

「好きでも嫌いでもないよ。ただ、真昼は似合うと思うくらい。エプロンよく似合ってるしな」

「そ、そうですか……じゃあ頑張ります」

「いや無理に頑張らなくても」

「周くんに喜んでもらえるなら着ますよ」

そう言って美しい微笑《ほほえ》みを浮かべた真昼の背後で男子がひっそりガッツポーズをしているのを見て、周は笑みが引きつりそうになるのを堪《こら》えるしかなかった。


「……藤宮、割と機嫌悪い？」

放課後、たまたま部活が休みで折角ならと一緒に遊ぶ事になった優太《ゆうた》に指摘されて、初めて周は自分の感情が分かりやすく顔に出ていた事に気付いた。

「……そんなに顔に出てた？」

「ううん、いつも通りに近いと思うよ。ただ、何となく雰囲気でそう思っただけ」

駅併設の書店で参考書を買って出たところでそう言われて、周は思わず自分の頬《ほお》に触れる。

いつもより強張《こわば》っている気がするしやや眉間に皺《しわ》が寄っている気がする。

　一応あまり表に出さないようにとは考えていたのだが、制御し切れていなくて微妙に恥ずかしさと情けなさが滲《にじ》んで、ため息がこぼれた。

「そりゃあ、まあな。いい気分ではない。彼女が見世物にされるのは面白くないし出来る事なら独占したいよ」

　当たり前ではあるが、最愛の彼女が不特定多数の人間の視線に晒《さら》されるのは、嬉《うれ》しい訳がない。好奇だけならともかく欲の混じったものがぶつけられるなら、尚更。

「でも、真昼が極端に嫌がってる訳じゃないし、クラスの決定に異議を唱えて自分の彼女だけ特別扱いを要求するのは大人げないしフェアではないから、黙らざるを得ないだろう。真昼が売り上げに貢献するのは分かってる。ただ、そのリターンに対してこっちのリスクが大きいのが不満なんだよ」

「ごめんね」

「門脇《かどわき》が悪い訳じゃないよ。もっと明確に提案の利点を述べられなかった俺が悪いし」

　優太が謝る必要は微塵《みじん》もない。かといって提案したクラスの男子を責める訳にもいかないので、割り切れない思いが胸に鎮座しているのだ。

　これぱかりは決まったのだから仕方ない、とため息を大きくついた周に、優太も困ったような笑みを浮かべる。

「俺は展示発表に入れたんだよねえ。現実的に一番ノーリスクハイリターンでよかった。それに、俺は多分接客に回されるからさ……」

「あー」

学校一の美少女と名高い真昼が接客をさせられるのだ、当然同じように女子から人気の高い門脇も接客に回されるだろう。

本人としては裏方を希望しているらしいが、恐らくそれが通る事はない。類稀《たぐいまれ》なる美貌の持ち主はこういった時に不利益《ふりえき》を被《こうむ》るのだ。

「……男子もメイド服じゃないよね？」

「流石にそれはないと信じたいというか。……女子がメイド服なら男子は執事《しつじ》っぽく合わせてくるんじゃないのか。衣装に都合がつけば、だけど」

「あーそれね、なんか……クラスの子達が知り合いにそういった喫茶店の経営してる人が居るって……男女それぞれ用意出来るかも、って」

「ひえっ」

メイド服は阻止したいと思っている周としては最悪の情報である。

衣装の都合がつくなら、真昼は確実にメイド服を着て給仕する事になるだろう。

幸いと言えばいいのか、男子は男子の衣装を用意してもらえるらしいので、女装の惨事にはならないだろう。

「ほんとこういうところはクラスが一致団結しているというかなんというか。……しかし、仮に男子も仮装して接客するなら、大変だよなあ門脇は」

女子の人気は優太に集中するであろう。かなり苦労しそうである。

「何他人事みたいに。藤宮も駆り出されると思うけど」

「え」

「料理出来るの？」

「……出来ないとは言わないが、得意でもないな」

周は別に料理が出来ない訳でもないが、人様に金銭を対価に提供出来るほどのクオリティのものは作れない。普通に食べる分には困らないし真昼からも駄目出しは然程《さほど》ないものが作れる、といったくらいだろう。

昔に比べればかなり進歩しているのだが、流石に売り物にするのは抵抗がある程度の腕前だ。

「なら裏方か接客に回されると思うけど……それなら近い位置で椎名さんの様子見てないと不安でしょ。変なのに目をつけられても困るからね」

「まあ、それはそうだけど……俺が着るのは誰得なんだ？」

真昼に不埒《ふらち》な者の手が伸びないように監視するという事を考えれば、接客の方がいいだろう。真昼が着るなら周も恥を忍んでそういった服装をするのは構わないが、執事服など周が着ても仕方ない気がしてならない。

「それは椎名さん得というやつだろうね。喜びそうだよ」

「それはまあ」

「あと、藤宮もイメチェンしてから視線向けられるようになってるだろ」

「いや俺それは知らないんだけど」

「まあ椎名さんにしか目を向けてないからね、君」

それを言われると気恥ずかしい。

確かに真昼の事を気にしているので他の女子生徒からの視線なんて気にしないし、そもそもそういった眼差しで見られるなんて全く思っていなかったので根本的に意識していなかった。

まさかと優太を見るが、優太は「自覚ないんだよねえ」と肩を竦《すく》めているので、嘘をついている訳ではなさそうである。

「藤宮もたまには視線に気付いた方がいいよ。まあ、クラス内だと最早微笑ましいものを見るような眼差しを向けられるだけだから害はないと思うけど」

「それはそれで嫌なんだけど」

「諦《あきら》めなよ、藤宮が椎名さんといちゃいちゃするのが悪い」

「……露骨にはしてませんー」

「あはは」

にこにこと笑う優太は信じている様子がないので、周は微妙に頬をひきつらせた。

「まあ、いいじゃないか。嫌がらせされるより余程健全だよ？　俺としては、昔の白河《しらかわ》さんみたいになってほしくないし」

「……恋敵《こいがたき》のあれか」

少ししんみりした声で告げられた言葉に、周も眉《まゆ》を下げる。

本人には言わないが親友と言って差し支えない樹とその彼女である千歳《ちとせ》は、付き合うまでに紆余曲折《うよきょくせつ》があり困難を乗り越えて交際を始めたと聞いている。

今では想像がつかないが、樹と出会った当初の千歳は樹に塩対応だったらしいし、オブラートを知らない物言いと冷めた性格の少女だったようだ。

陸上選手として優秀であったが、樹との事で部の先輩との争いが起きてやめざるを得なかった、とか。

才能を妬んだ部活の先輩が嫌がらせをするのも分かりたくはないが、しかねないというのも分かる。自分が好きな男がその妬んでいる少女に言い寄っていて、その少女が邪険に扱っていたら嫌がらせをエスカレートさせたのも、心情としては分からなくはない。実行に移してはならないものであるが。

「そう。結局いざこざがあって陸上やめちゃったしね。ああいう嫌がらせ、俺はすごく嫌いだから……藤宮達が認められててほっとしてるよ」

そういった荒れ具合を見守ってきた優太だからこそ、余計に周と真昼の仲を心配していたのだろう。

「……おう」

「だから文化祭でもいつもみたいに仲睦《なかむつ》まじいところを見せ付けておいてね。誰も取る気がなくなるくらいに」

「俺は見せ付けてるつもりはないですー」

「はは、冗談を」

「冗談じゃねえよ」

む、と眉を寄せて優太を見るが、優太は少し安堵《あんど》したように、そして茶化すように笑っていたので、周はふんと鼻を鳴らすだけに留《とど》めておいた。


「周くん、いらっしゃい」

家に帰って着替えてリビングに向かうと、既に帰宅していた真昼が微笑みながら手で叩《たた》いていた。自らの太腿《ふともも》を。

訳が分からず思わず真昼の顔を凝視すれば、穏やかな笑みのままぽんぽん、と腿をもう一度叩く。

困惑のまま彼女を見つめていると、微笑みが苦笑に変わる。

「ご機嫌斜めな気がしたのですけど」

どうやら真昼にも見抜かれていたらしい。いや、優太が見抜いているなら真昼も見抜いているのは当然なのだが。

一応彼女の前では隠したかったので、見抜かれた気まずさに頬をかけば、やっぱりと言わんばかりに真昼はおかしそうに笑う。

「周くんの事ですから、無理に拒否はしないけど内心で嫌がってるだろうな、と。違いましたか？」

「……当たってるけどさあ」

「ですので、ご機嫌とりをしようかと」

「それ本人の目の前で言う？」

「ふふ。嫌ですか？」

「……返事は分かっているのに聞くのは誰に似たのかね」

「周くんですね」

そう言われても反論も出来ず、唇をモゾモゾと動かすだけに留まる。

くすりと微笑んだ真昼は、もう一度腿《もも》を叩いた。

落ち着いたボルドーのスカートに覆《おお》われた柔らかそうな腿の誘惑に、周は躊躇《ためら》いつつも真昼から少し離れたところに腰かけ、横になりつつそっと腿に頭に乗せる。

真昼を見上げるように顔を向ければ、真昼の微笑みが降ってきた。

続いて、白く細い指が周の黒髪に滑り込む。

「……周くんは、私を気遣って嫌がっているのです?」

「それもある、し……単純に俺が他のやつらに見せたくなかっただけ」

「やきもちです?」

「やきもちっつーか、独占欲っつーか。……ほんとは、嫌だった」

大人気ないわがままだと分かっているので心情の吐露に微妙に気恥ずかしさを覚えてしまい、真昼のお腹《なか》の方に顔を向ける。

真昼はそんな周に小さく笑ったような吐息を落として、宥《なだ》めるように、あやすように、優しく指で髪を梳《す》いた。

「まあ、私も好き好んで人前で給仕服を着たい訳ではないのですけど、決定は決定ですからねえ」

「……ん」

「でも、最初に約束はしていただきましたから」

「何の?」

「最初に見せるのは周くんがいいです、って」

思わず顔の向きを戻して真昼を見上げれば悪戯《いたずら》っぽさの滲むはにかみが浮かんでいた。

「最初に私を見てもらうのは周くんですし、その、……出迎えるお客様は沢山くるかもしれませんが、旦那様、は、一人だけ、というか」

最後は恥ずかしくなってきたのか途切れ途切れで躊躇《ためら》いまじりのものだったが、確かに言った真昼に、周の頬も自然と熱を持つ。

それでも彼女から視線を逸らさずに見つめれば、とうとう耐え切れなくなったのか側にあったクッションを顔面に押し付けられた。

息が出来るように優しく、ではあったが視界を閉ざしたいのはよく伝わってくる。そんな真昼に、周は胸の奥で渦巻いていたもやは消えなかったが、別のもの……こそばゆさとたとえるのが近い感覚を新たに抱いた。

そこから湧《わ》き出るものは、愛おしさ、というものなのだろう。

「なら、我慢する」

「はい」

相変わらずクッションで顔を覆って見せようとしない真昼だったが、浮かべている表情は想像出来たので、周は小さく笑って横を向き、真昼のお腹に顔を埋めた。

第5話　諦めも肝心です

結局のところ、文化祭における周《あまね》のクラスの出し物は喫茶店に決まった。

その時の男子の興奮度合いに、周はもう苦いものを堪《こら》えるような表情を浮かべるしか出来ない。真昼《まひる》や千歳《ちとせ》、その他にも見目麗《みめうるわ》しい女子の給仕を期待しているのであろう。

決まってしまったものを覆そうという訳にもいかないので大人しく決定に従う周であったが、採寸時には微妙に反抗してしまった。

「いや俺《おれ》は似合わないから」

「そんなの着てみないと分からないしなあ。ほら、諦めろ。決まった事なんだ」

「藤宮《ふじみや》ー諦めろー」

「門脇《かどわき》はもう諦念《ていねん》丸出しだな……」

「こうなる前提みたいなところあったからね」

交渉担当いわく衣装は無事貸し出してもらえる算段がついたとの事なので、早めに数を確保したいという理由から接客担当の生徒の採寸タイムになった。……のだが、勝手に接客に回された事が不服でしかない。

樹《いつき》が「椎名《しいな》さんと一緒の時間にしてもしもに備えないとダメだろ」と気を回しての事なのだが、先に言っておいてほしかった。

「つーかお前……前より太くなったか？」

「失礼だなおい。脂肪は増えてない。規則正しい生活を余儀なくされてるし」

「はは、奥さんがしっかり管理してるもんなあ」

「やかましい」

真昼の事を奥さんと言われた事に羞恥《しゅうち》を感じつつ言葉にトゲを乗せれば、樹には相変わらずのからかうような笑みを返される。

「まあ、太ったっつーか、前より筋肉ついた？」

「それはあるかもしれん。門脇式筋トレのお陰だな」

「何それオレも知りたい」

何故《なぜ》か食い気味な樹には優太《ゆうた》に聞くよう促しておきつつ、ちらりと同じように採寸されている他の男子達を見る。彼らは彼らで何やら話し合っているのだが、それが非常にこそこそしたものなので気になったのだ。

会話を聞き取ろうと耳をそばだてると、どうやら真昼について話しているのかやや興奮したような声が聞こえる。

「椎名さんのメイド姿……いい」

「今頃《いまごろ》別教室で採寸してるんだろ？　採寸とかすごそう」

「なんたってでかいからな」

「いつも一緒に居る白河《しらかわ》との起伏の差がまたよい」

「赤澤《あかざわ》に聞かれると殺されるぞ」

「いや樹も慎《つつ》ましいのは認めてるから……掌《てのひら》余るって言ってたし……」

「とにかく、椎名さん独り占め出来る藤宮妬ましい」

人の彼女をどんな目で見ているんだ、とか恐らく聞かれると不味《まず》いのはこの男子より樹の方だ、とか内心で突っ込みつつ呆《あき》れも隠そうとせず彼らを見る。

「……お前らせめてもう少し聞こえないようにだな」

「げ、藤宮聞いてたのか」

人の彼女の体つきをあまり妄想しないでほしいものだが、流石にそこで怒るのも大人気《おとなげ》ないので堪《こら》えておく。それに、どんなに妄想したところで実際にお目にかかる機会が与えられるのは周だけなので、余裕があると言えた。

樹も聞こえていたらしく苦笑している。千歳に聞こえたらまずい話だったが、公にする気は更々ないので内密な話という扱いになるだろう。

「いやだって……せざるを得ないだろ」

「あの天使様だぞ。いつもブレザーやベストで隠れてるけど、相当……おい藤宮、実際どうなんだよ」

男子だけの空間だからこそ、下世話《げせわ》な話が飛び出るのかもしれない。

何か期待をするような眼差《まなざ》しを向けられて、周は眉間に皺《しわ》が生まれないように意識しつつ、肩を竦《すく》めてみせる。

「どうって言われてもな。見た通りとしか」

「はぐらかすなよ」

「いやどう言えと」

「こう、りんごとかメロンとかあるだろ」

「果物は個体差があるだろ」

「めんどくせえなお前！」

「めんどくせえのはお前だよ！」

何故他人に彼女のサイズを言わなければならないのか。

そもそも周も正確なサイズを把握している訳ではない。いや、実のところカップ数は実家に帰った際不慮の事故で真昼の洗濯物を見てしまい知ってはいるが、流石にそれを口にする訳にもいかない。

やけに押してくるクラスメイトに引き気味になっている周に、彼らは熱意が冷めやらぬ状態で詰め寄ってくる。

流石に助けてほしいので樹を見れば、笑って肩を竦めていた。助ける気はなさそうである。

「とにかく、俺は知らん」

「嘘《うそ》をつくんじゃない」

「ついてない」

「あー、お前ら。周の言ってる事は嘘じゃないからな」

仕方なさそうに細やかに助けを出してくれた樹は、詰め寄る男子と周の視線を受けてにこやかに笑う。

「だって周は家に二人きりでも椎名さんに手出ししないやつだからなあ。知る訳がないというか」

樹の言葉に、教室が静まり返った。

「……藤宮、男じゃない説」

「だからあんなグラビア雑誌にも興味を示さなかったのか」

「ねえよ！　樹、お前も変な言い方をするな、俺は真昼の意思を尊重してしないだけだから！」

「人それをへたれと言う」

「あのなあ」

「いや普通……そういう状況で二人きりって、相手が受け入れる気でするものでは？　女の子も馬鹿《ばか》じゃないんだからその可能性は考慮してるだろ」

「それがなあ、二人は昨今珍しい真面目《まじめ》かつ純粋で初心《うぶ》なカップルなのでそういう事は早いと思ってるらしい。ぴゅあっぴゅあだろ。むしろこれは見守らなきゃいけない天然記念物なんだ、余計な事を言ってくれるな」

「おい樹、お前はどっちの味方なんだ」

「オレはいつだってお前の味方だ」

「信用出来ねえ……！」

樹の言葉のせいでこの場に居る男子が可哀想《かわいそう》なものを見る眼差しや逆に生暖かい笑みを浮かべて微笑ましそうな眼差しを送ってくるようになったので、周は盛大に頬《ほお》をひきつらせる。

「別に俺は純粋じゃないし出来るならそりゃしたいとは思うけど、真昼の将来とかを考えて控えているだけで……」

「そっかー」

「おいにやにやしてるんじゃねえ。……おい何だお前ら、見るんじゃない」

非常に居たたまれなさを感じて嚙《か》みつけば、更に哀れみや微笑ましそうな視線が増えて、周は納得がいかずとりあえず元凶の樹の顔面に布メジャーを投げつけておいた。

「……あの、周くん。何故か男子の皆さんがとても生暖かい眼差しで見てくるのですけど、理由知りませんか？」

「知らん」

女子達も採寸が終わって合流したのだが、男子達から奇妙な視線を受ける事が気になってこそこそと話しかけてくる。

逆に周は女子達から生暖かい視線を受けるので、真昼の台詞をそっくりそのまま返したい。

「俺は俺で女子から変な視線もらってるんだけど……真昼、何か言ったか」

「い、いえ、周くんの名誉を損なうような事は何も」

「名誉を損なうような事以外は言ったんだな」

「ふ、普通に周くんと何話してるとか、どういう風に過ごしているとかですから安心してください」

「具体的には？」

「……周くんが紳士的で素敵という事ですね」

「そっちもかよ！」

「そっちも？」

「いや何でもない」

男らしくないと揶揄《やゆ》されているなんて言える訳がないので内心慌てつつも落ち着いた声で返して、きょとんとした顔の真昼の頭をくしゃりと撫《な》でる。

「……情報筒抜けにするのやめようか、こっちが恥ずかしい」

「そ、そうですね。私としては……皆さんから色々と教えてもらえるので助かりますけど」

「なあ、何吹き込まれてるか不安で仕方ないんだけど」

千歳にもかなりの要らない知識を植え付けられているのに、他の女子からも変な事を教えられていそうで怖い。千歳もある程度セーブしてくれているとは思うのだが、出来れば何を吹き込まれたのか確認したいところである。

「……別に周くんに何か困った事が起きる訳ではないのですけど」

「現在進行形で女子からの眼差しに困ってる」

「そ、それは……致し方ない事です」

「致し方なくない気がする」

「おいお二人さん、いちゃつくのはいいけどそろそろ議題に入りたいから見せつけるのはやめてくれ」

教壇の前に立ちつつ辺りを見ていた実行委員の樹が肩を竦める。

いちゃついていたつもりはないのだが、この調子では何を言っても無駄そうである。

「まあそこの二人は置いておくとして、喫茶店の飲食メニュー決めような。ほんとは先に決めておくべきだったんだろうけど、衣装は早めに予約しとかないともしもがあるからな。あ、木戸《きど》さんは先方に服のサイズと何着要るか計算して連絡しておいて。男子のはこっち。情報は悪用しないようになー」

何だかんだ仕切るのは得意な樹はてきぱきと指示を出し、衣装担当の女子生徒に採寸の結果を渡している。

「とりあえずナマモノは不可。調理室を借りられる日程や時間にも限りがあるし日持ちの関係や衛生上の観点から基本提供するのは焼き菓子と飲み物になるがそこには異論ないな？」

「はーい」

「ちぃは異物混入しないようになー」

「失礼な」

千歳はバレンタインの前科があるが、あくまでそれは身内での話なので流石にそんな事はしないだろう。

「んで、飲み物だけどまあ喫茶店なのでコーヒー紅茶とジュースでいいんじゃないかな。飲食物で他に案があるなら出しとけよー、当たり前のものしかオレ提案出来ないからな」

「はいはーい。アイスとかは？　クリームソーダしたい！」

「案としてはいいけど保存どうするかだな。調理室で市販品を盛り付けて運ぶ前提ならアリ、ただし冷凍庫を圧迫するからそこは生徒会と要相談かな。とりあえず候補として挙げておくからあとで生徒会の人に提出するついでに聞いてみるわ」

「軽食とかは？」

「それも考慮に入れたけど、作る手間と作り手の拘束時間を考えてあんま勧めない。出来てるものを提供するのと作るのとでは結構手間が違うからなー。あと軽食って言ってもしっかり加熱して作れそうなのがホットドッグとかホットサンドになる。特にホットドッグは他のクラスがやるらしいからシェア奪うのは流石に睨《にら》まれるぞ」

「それなら仕方ないよねえ」

さくさくと話を進めてまとめていく樹は本当に指揮に向いているなあとしみじみ感じていると、真昼も同じ事を思ったらしく「頼もしいですね」と小さく笑った。

「んじゃとりあえず候補はこんくらいでいいかな。これまとめて生徒会に提出して確認してもらう感じで。んで、その飲み物の確保なんだけど……珈琲《コーヒー》は知り合いに珈琲豆卸してる店の人居るから交渉してみるわ。宣伝する代わりにお安く出来ないかって。折角だから味も話題に出来たらいいんだけど」

「ひゅー、頼もしい」

「惚《ほ》れんなよ、男はノーサンキューだ」

へらへら軽口叩《たた》いているがやる事をやっているので様になっているのが樹のすごいところである。

とても真似出来ないような明るさと采配《さいはい》に感心しつつ、少しずつ決まりだした出し物を考えて、そっとため息をついた。

（去年はお化け屋敷の飾り付けこなすだけだったからなあ）

今年は何故か接客をさせられる羽目になって面倒だと思う反面、学生らしい行事に参加しているという感慨深さも覚える。

去年の周は文化祭なんて時間と労力の無駄だと思っていたが……今は、側《そば》に真昼が居る。

こうして、二人で思い出を作っていくのも悪くないと思った。

「どうかしましたか？」

「いや、文化祭頑張らないとなって」

「ふふ、そうですね。その、周くんの接客楽しみにしてます」

「愛想悪いだけだぞ」

からかうような言葉につっけんどんに返せば、楽しそうに真昼が微笑んだ。

第6話　その笑顔は誰に効く

樹《いつき》の進行の下、サクサクと文化祭の準備が進んでいく。

文化祭も二回目ともあって慣れてきたというのもあるし、クラスの男女が明らかに私欲ありで一致団結しているというのが大きいだろう。

日々の授業日程もこなしつつ準備を進めていくので忙しくはあるのだが、周《あまね》にしては珍しい事に、忙しさを感じないくらいに充実感を得ていた。

「おーいチラシに表記ミスあるぞ。まだ刷ってないから作り直ししといてくれ。流石に学校の住所間違えるのはアウトだぞ」

「テーブルクロス知らない？　買ってきたって聞いてたのにどこにもないんだけど！」

「原価がこれで売上少なめに設定しても金額がこれくらいになるから……」

それぞれ任された仕事をこなしているクラスメイト達の喧騒《けんそう》を感じつつ、周達もまた、自分の担当である接客係の指導を受けていた。

「藤宮《ふじみや》君、えーと、にこっ」

「……にこ」

「ひきつってるひきつってる」

衣装の用意を担当している、喫茶店でバイトをしているクラスの女子──木戸彩香《きどあやか》が接客の指導役なのだが、彼女は作り笑顔を浮かべる周に苦笑いを浮かべている。

夏休み前に何度か会話した事があるがあれ以来特に接点もなく、こうして改めて接する事になって微妙に対応に困っていた。

彼女は無愛想な周にも根負けせず一生懸命接客の基本から教えてくれているのだが、やはり慣れないものは慣れない。

周としては別に笑えなくはないのだが、彼女からすればぎこちないらしい。

「うーん。普段の笑顔でいいんだけどね。逆に意識しちゃってぎこちないっていうか、かたいというか。もっとリラックスリラックス」

「そう言われてもな。こう、接客をすると考えるとどうしても」

「お客さんはじゃがいもと思ってくれていいから」

「芋ねえ」

「周くんは卵の方が良さそうですね」

同じように接客の指導を受けていた真昼《まひる》がくすりと笑ってからかうように付け足す。

周が卵好きなのは一年近く接してきてよく分かっているからだろう。ただ材料の卵に笑みを向ける訳でもないので、結局は変わらないのだが。

そういう問題じゃないんだよなあ、とは思ったが、真昼が楽しそうなので敢《あ》えて突っ込まず、頬《ほお》を掻《か》いておく。

「まあ周は無理に作るより自然体がいいって奴《やつ》が多いだろうし、何とかリラックスさせる方向でいこうぜ」

「誰が自然体がいいって言ってるんだ」

「クラスの女子？　椎名《しいな》さんと一緒に居るところを眺めてた時の感想らしいけど」

「見られてるの何か嫌だな」

「見せ付けてるのでは？」

「ねえよ」

意図的にやってたまるか、と樹を睨《にら》むものの「自覚ないんだなこいつ」と呆《あき》れられたので、とりあえず「うるせえ」とだけ返しておいた。

真昼はほんのりと頬を染めつつ控えめに微笑《ほほえ》んでいる。照れたような眼差《まなざ》しがこちらを撫《な》で、先程よりも頬を色づかせるので、どうやら彼女は彼女で自覚があったのかもしれない。

彩香を始めとした他の女子もうんうんと頷《うなず》いている。

「椎名さんと過ごしてる時の藤宮くんならイチコロそうだけどね」

「何がだよ……」

「こう、オーラ的に」

「オーラ的に」

「たまにハッとしちゃうんだよねえ」

意味が分からないのだが、真昼は心当たりがあるのか恥じらいを隠そうとしている。

ただ、瞳《ひとみ》はその羞恥に混じって僅《わず》かに不安が揺れているように見えて、その変化に気付いたらしい彩香がへらりと笑って否定するように手を振った。

「椎名さん大丈夫大丈夫、私彼氏居るから。人の彼氏を取る趣味はないよ」

「そ、そこを心配していた訳では」

「隠さなくていいのよー。彼氏さんに注目が集まったら不安だもんね。でも私筋肉しっかりしてる人じゃないと興味湧《わ》かないから。藤宮君は細すぎるから対象外だよ！」

「もやしと言われた気分」

一応筋肉はついてきたと思ったのだが、細すぎるという評価に悲しみを覚えた。樹には前より筋肉がついたと褒められたのだが、それも褒める基準が低かったのかもしれない。

「あ、周くんはもやしではないですよ。確かに色白ではあると思いますけど……その、……ぬ、脱いだら、割と……筋肉付いてますし」

「えっ脱いだらすごいの？」

「人聞きが悪いから！　真昼も誤解を招くような事を言わない」

「……でも、結構がっしりしてますし」

「いいから。後で恥ずかしくなるの多分真昼だから」

素肌を見て触る機会があった、という事を自分で口にしていると気付いてほしい。

実際は水着でくっついていただけなので、疚《やま》しい事があった訳でもないが、聞きようによっては既に結ばれていると取られてもおかしくないだろう。ただ、真昼が周を紳士的だと洩《も》らしているので、何もしてないという事も知られていそうだが。

周の指摘に大人しくなった真昼に安堵《あんど》しつつ周りを見ればやはりというか生暖かい視線なので、思わず舌打ちをしてしまった。主に樹に向けて。

「え、何でオレに向かってその顔してるの」

「そのニヤニヤがムカついた」

「責任転嫁すぎる。ほらのろけはいいから練習練習」

自分の事はさておき周に促してくる樹にはもう一度舌打ちをお見舞いしてやり、ムスっとした顔のまま彩香を見たら笑われた。

「まあ、藤宮くん達がお熱いのは分かったからいいんだけどね。藤宮くんはちゃんと笑顔で出迎えてくれたらそれでいいと思うよ。元々所作は綺麗《きれい》だし、教えた通りに案内したら問題なしだと思う」

「所作が綺麗だとは思った事はないけどな」

荒いとは思わないが、綺麗だとも思っていないので、そう言われても首を傾《かし》げるしかないのだが真昼は納得したように微笑んでいる。

「多分ご両親を見て育っているからだと思いますよ。お二人はお上品ですから」

「母さんが上品かどうかは頷きかねるけどまあ動作は汚くないよな」

「椎名さんは藤宮くんと家族ぐるみのお付き合いと」

「き、木戸さん……」

「ごめんごめん」

くすくすと笑う彩香に周は仏頂面《ぶっちょうづら》を向けるのだが、更に笑みが濃くなるだけで結局真昼とセットで微笑ましく見られるばかりであった。


学園祭が二週間後に迫ってきた頃、頼んでいた衣装が届いたとの報があった。

「はーいこれが届いた衣装でーす。それぞれに配るからちょっと待っててね！　試着は指示するからそれも待っててねー」

笑顔でそれぞれに衣装を渡していく彩香は周のところにやってきて「はいどーぞ」と朗らかな笑みで手渡してくる。

「あ、藤宮くん、あとで一人で試着用に確保してる教室に行ってね」

「何で一人で」

「んー。特別措置？」

「どういう事なんだ？」

「椎名さんからのちょっとしたお願いというか、これくらいは叶《かな》えてあげたいなって。最初に見せるのは藤宮くんがいいって椎名さんが言うものだから……」

もちろん他の子からの許可は取ってるからね、と心配しなくていいような情報もついでに与えられて、少し申し訳ないと思う反面、真昼がそこまでしてお願いしたという事に喜びを感じてしまう。

快く受け入れてくれた彩香を始めとする女子達に感謝しつつ、周は「ありがとう」と微笑むのであった。

そうして特別に与えられた時間、周は真昼が着替えているらしい教室の扉の前で待っていた。

当たり前ではあるがカーテンは閉ざされている。本来はそれぞれ更衣室で着替える予定だったらしいが、この後衣装を身に付けて給仕の練習をする関係上教室を借りたらしい。ふわふわしたスカートのメイド服で出歩くと目立つ上今廊下は物や塗料で溢《あふ》れているので破いたり汚したりしかねない、という理由も大きそうだが。

（なんつーか、緊張する）

女の子がこの向こうで着替えている、と考えると何というか気まずさと緊張がある。彼女であり下着に近い姿も見た事があるが、それはそれとしてやはり落ち着かない。

扉に背を預けて無言で待っていると、教室の方から「もう入っていいですよ」とどことなく強張《こわば》った声が聞こえた。

真昼も真昼なりに緊張しているのかもしれない、と小さく笑って促しに従って教室に入ると、扉から少し離れた所に真昼が立っていた。

後ろ手で扉を閉めつつ、前に立つ真昼を見つめる。

真昼が身に付けている給仕服は、長袖《ながそで》に足首まであるロングスカートのものだ。

ほどよく現代風を取り入れたクラシカルタイプであり、二の腕あたりが空気を含んだように膨らんだ長袖と長い丈の紺地ワンピースにエプロンという組み合わせだ。

ミニスカートタイプの時は下に膨らませる用のスカートを穿《は》くと木戸は言っていたが、真昼が身に付けているのはロングスカートタイプなので、スカートのボリュームを抑えすっきりとしたシルエットにまとまっていた。

装飾としてエプロンにフリルはついているものの肌の露出はほぼなく、清楚《せいそ》かつ清潔感のある雰囲気を醸《かも》し出している。長いスカートの裾《すそ》からは黒タイツに覆《おお》われた足首が見えた。

ちなみに黒タイツは真昼の私物である。学校ではみだりに肌を見せないようにと年中身に付けている真昼なので、今回も同様に履《は》いている。

「どう、ですか？」

真昼が緩く首を傾げれば、残されていた横髪がさらりと揺れる。

接客であり食品を運ぶ役でもあるので、邪魔にならないように長い亜麻《あま》色の髪は後ろでお団子にまとめられてシニヨンキャップに格納されていた。

「……似合ってる、想像以上に」

「そうですか？　よかったです。こういった仮装なんて初めてなので……」

お世辞抜きに称賛すれば、はにかみが返ってくる。

真昼の美貌があるからこその似合い方、というのはあるだろうが、何より真昼の雰囲気が予想以上にマッチしていた。

元々真昼本人が世話焼き気質なので、尚更似合っているように見えるのだろう。

ふわりと笑う真昼に、他人に傅《かしず》かせたくないな、と思ってしまうのは、仕方のない事だった。

「周くん？」

「え、……ああ、ごめん。似合ってるから他人に見せて減らしたくないなって」

「ふふ、何を減らすのですか」

「俺《おれ》の元気？」

「後でなでなでしてあげますから我慢してください。私だって、周くんの執事服姿を他の人に見せるの、嫌ですし……」

「俺目当てとか居ないから大丈夫だ」

「大丈夫じゃないですすっ」

何故《なぜ》かムキになられたので素直に「すまん」と謝れば、真昼も強く言いすぎたと思ったらしく「こちらこそごめんなさい」と小さな謝罪を口にした。

「……周くんは、イメージチェンジしてから取っつきやすくなりましたし、その、他の女の子からいいなって声も聞きます」

「本人としては全く聞き覚えないけどな」

「そりゃあ本人には言わないですよ、女子の中だけで話す事ですし……私が居ますから、大っぴらに言い寄るなんて事はないですよ」

女子の集まりで何を話されているのかと微妙に背筋が震えたが、真昼の言い方的には概ね好意的に見られているらしい。

ただ、好意を受けているとは思わない。精々《せいぜい》生暖かい視線を受けているくらいだ。

そもそも、交際相手が居るのにもかかわらず言い寄ってくる女性なんて受け入れ難《がた》い、というより断固拒否である。

周視点そんな女子生徒は居ないので、真昼の言葉にも実感は湧かないが。

周が話半分に受け取っていた事を表情で察したらしく、真昼はむぅと可愛《かわい》らしく唇を尖《とが》らせている。

「あのですね、女の子達は同性だけだとかなり明け透けに話すのですよ？　この男の人は女性関係がどうとか性格がどうとか、経験がどうとか、正直男性には聞かせられない話だってしています」

「うちの彼女何に巻き込まれてんの」

「女子トークはそんなものなのです。そこに建前《たてまえ》とかはあまりなくて、正直な事を言ってます。……その正直な話で周くんが素敵な人だと言われているから、私はひやひやしているというか、不安で仕方ない、というか」

もじ、と言いにくそうにしている真昼はいじらしいメイドそのもので、何というか罪悪感と少しの嗜虐心《しぎゃくしん》が湧いてくる。

「ちなみにどういう風に言われてるんだ？」

「その、優しそうとか、紳士的とか……あと、好きになったら自分だけを見てくれそうでいい、とも」

「まあ、それは確かかもな。真昼だけ見てるし」

相手だけ見てくれる、というのはそもそも当たり前の事だ。交際相手が居るのに別の異性を対象として見るなんて失礼であるし不誠実だろう。

そんな生半可な気持ちで真昼と付き合ってはいない。藤宮家は愛情深いし一途《いちず》だとよく言われるが、事実、周も真昼以外見るつもりはなかった。

「それは真昼だっておんなじだろう？　他の男に秋波《しゅうは》でも送る？」

「あり得ません！」

「だったら心配しなくていいよ。……俺の唯一は真昼だけだし、真昼しか見てないよ。ただ、それはそれとして真昼によこしまな視線を送られるのは嫌だから、その姿は見せたくないなって思ったかな」

ここで最初の話題に戻った周に、真昼は少しだけ眉《まゆ》を寄せた後、周の二の腕に頭突きするように額を何度か押し当てる。

「……お互いに、そこは我慢しましょう」

「うん」

「それはそれとして、独占したかった、という事です」

「俺もだよ」

うりうりと額を押し付ける真昼にそっと背中を叩《たた》いてやると、顔を上げた真昼がじっと周を見つめる。

「……周くんの執事服も、早く見たいです」

「次は男子が部屋借りてお披露目なので待っててくれ」

今回は樹や千歳《ちとせ》、彩香の厚意で特別に周だけ真昼の姿を先に見せてもらっているが、本来は一斉にお披露目である。

そろそろ男子達も借りた服を身に付ける時間だ。

「……大した事ないからな？」

「そんな事はないですよ、楽しみにしてます」

お世辞でなく本当にそう思っているという笑みを向けられて、周は何とも言えないむず痒《がゆ》さに頬を掻いて「あんま期待せずに待っててくれ」と返すしかなかった。


「どうって……似合ってたけど」

「椎名さん、どうだった?」

男子の接客係も着替える事になったのだが、先に真昼のメイド服姿を見てきた周に男子達は興味津々《きょうみしんしん》といった様子だった。

周としてはどう、と言われても似合ってるとしか言いようがない。

周の淡泊な感想に見るからにがっかりしているクラスメイト達には呆れの視線を向ける。

「こうさあ、もっとあるだろ。感想がさあ」

「それ以外どう言えと……似合わない訳がないんだから」

「まあそうだよなあ。椎名さんだもんな」

「傅かせたい」

「笑顔でご主人様って言われたい……」

「絶対お前らには傅かないいし仕えないいけどな」

「大人げねえ……大人げねえ……夢くらい見せてくれたっていいだろ」

「叶いようのない夢なら砕いてやった方が身のためだ」

「辛辣《しんらつ》ゥ」

けらけら笑うクラスメイト達（一部は本気で嘆いているが）と軽口を叩き合うくらいには、この準備期間で打ち解けた。

たまにネタマシイ……という言葉と共に背中を叩かれてやり返すくらいには、他の男子達と会話するようになった。

基本的に交友範囲が狭く新たに関係を結ぶには消極的な周であったが、クラスメイト達は気のいい生徒ばかりで、作業を共にしていると自然と交友が出来た、といえばいいだろうか。

冗談を言っている彼らにわざと素っ気ない言葉を突きつけて軽いやり取りをしつつ、用意された服を着ていく。

男子達が身に付けるものは、黒に近い紺のジャケットとスラックス、ダークグレーのウェストコートとシンプルにまとまっていた。それぞれの体格に合わせたスリムなデザインなので、洗練された雰囲気を醸《かも》しだしている。おまけで白の手袋を身につければそれっぽく見えるのだから不思議なものだ。

もちろん借りてきた所が同じなので女子のメイド服と雰囲気の統一性があり、並べばより使用人風に見えるだろう。

最初見た時は堅苦しそうで動き辛《づら》いかと思っていたのだが、実際着用したところ思ったよりも生地の伸縮性はあったので、これなら問題はない。

「すげえ、樹がめっちゃチャラい執事に見える。漫画でよく見かけるへらへら系のやつだ」

「え、何でオレ貶《けな》されてんの？」

樹も着替え終わったらしく、他の男子にからかわれている。

ちらりと見てみれば、他の男子の評した通りよく言えば明るい、悪く言うならどことなく軽薄そうな雰囲気が漂う執事が出来上がっていた。

「うん、なんかチャラいな」

「周までひでえ！　そういうお前は……やべえ椎名さんに見せられるように真面目《まじめ》スタイルだ」

「なにを当たり前の事を」

もちろん周は真昼に見せるのであればときっちり着こなしている。髪型も一部を後ろに撫で付けていつもよりすっきりした印象を抱かせるようにしている。

流石に巷《ちまた》のイラストでよく見かけるようなオールバックにするつもりはないが、これくらいなら周でも躊躇《ためら》いなく出来た。

「本気だ……こいつ本気だ……」

「あれだけ気乗りしてなかったのにやる気出してやがる」

「彼女から何故か期待されてるから、そりゃ真面目にやるさ」

「のろけだ……のろけやがった……」

「いやお前らだって彼女から期待されたらそりゃ頑張るだろ」

「やめろ藤宮、それは独身に効く」

「えっ……ごめん……」

「謝るなよ、惨めになる……」

そう言ってさりげなく脇腹《わきばら》を小突いてくるクラスメイトに今回ばかりは甘んじて受け入れつつ、チャラいと言われてちょっぴり凹みつつ笑っている樹に肩を竦《すく》める。

「まあ、樹のそれに千歳は喜ぶだろ」

「そうだな。『いっくんチャラーい』と笑われるのもセットだけどな」

「違いない」

悪気なく言いそうな千歳を想像してひっそりと笑った周を見て今度は樹が脇腹小突いてきたので、お返しに背中を叩いて元気付けておく。

「しっかし、門脇《かどわき》に人気集中しそうだな」

「いや、女子達は『王子様タイプにもお調子者タイプにもクールタイプにもショタにも需要はあるのです』と言ってた」

「ショタと言われる九重《ここのえ》が哀れすぎる。あとお調子者タイプ間違いなくお前だからな」

見目が整っているからと強制的に駆り出された誠《まこと》は男子の中では小柄で、ある意味異色だ。

本人は普段から可愛い系と言われて不服そうにしているのだが、今回更に気が立ちそうである。

視線を誠に滑らせれば不服そうな顔できっちり身に付けている。よくも悪くも華奢《きゃしゃ》で童顔なので、特定の需要は満たせそうではあった。

ちなみに彼と仲のよい一哉《かずや》は裏方である。理由は本人が割と大雑把《おおざっぱ》かつ体つきが他の男子よりがっしりしているので、接客より力仕事をしてもらった方がいいとの判断だ。

「……一哉の裏切り者……くそったれ……」

可愛らしい顔から呪詛《じゅそ》が聞こえてきたが聞かなかった事にしておいた。


教室にて接客担当が集まりお披露目の時間がやってきたが、案の定千歳はにこやかな笑顔で
「おお、いっくん似合ってるー！　チャラいけど！」

チャラいと評していた。

自分でも飄々《ひょうひょう》としている自覚はあるらしい樹は否定する事はなかったが「そんなにか……」と若干遠い目をしていた。普段の言動が言動なので、周は否定する事はしなかった。

ちなみに千歳も接客側なので、メイド服を着ている。

二パターンあったのか、彼女が身に付けているのは真昼のような落ち着いたデザインのものではなく、可愛らしさと装飾性を重視した膝《ひざ》上数センチの丈のものである。

裾からはフリルが覗《のぞ》いており、すらりと伸びた足は白のニーソックスに覆われている。丈の短さやふりふりのエプロンも合わさって如何《いか》にも現代のメイドといった感じを体現していた。

「ちなみにどう？　似合ってる？」

「そりゃもちろんちぃは何でも似合うからなあ」

「この前まひるんの服借りて着て見せたら笑い転げた癖《くせ》によく言う」

「いやそりゃサイズが」

「いっくん」

「すみません」

　チャラい（他称）の樹も、彼女にかかれば大人しくなる。コンプレックスを刺激した樹が悪いので、突っ込む事はしないでおいた。周が介入すると飛び火してくるのが目に見えたから、ともいうが。

　千歳の他にも接客担当の女子達がメイド服を着ているのが見えて、自分達の催し物ながらなかなかにすごい事になったな、と感心してしまう。こんなに華やかな店員に迎えられる喫茶店となれば、話題性はあるだろう。

　お披露目を仕切っていた彩香も真昼と同じタイプのメイド服を着ており、にこにこしながらこちらに歩み寄ってきた。

「あ、藤宮くんもばっちり決めたね。気合い入ってるぅ」

「真昼が期待してたからな」

「ふふ、よき彼氏さんですねえ。ほら椎名さん、彼氏さんの執事姿だよ？」

ほらほら、と朗らかな笑顔で手招きする彩香に、何故か真昼は近寄らない。嫌なのかと思ったが、顔を赤くしてもじもじしているのでそうではなさそうだ。

真昼の様子に彩香はにっこりと「楽しみにそわそわしてたんだよ、多分想像以上だったんだと思う」と告げて、真昼の元に戻る。

「ほーら椎名さん、近くで見ないともったいないよ？　それにシフトは二人一緒なんだから、見慣れておかないと！」

樹を始めとしたクラスメイト達の計らいで、シフトは真昼と一緒の時間帯になっている。彼女がセクハラ被害に遭わないかといった心配と、交代の際は二人で校内を見回れるようにとの気遣いだ。

彩香が真昼の背を押すと、躊躇《ためら》いながらも真昼が近づいてくる。

「似合わない？」

「そっ、そんな事は！　とっても素敵です、周くんじゃないみたい……」

「そんなにか。どう見えてるんだ」

「……いつもより、色っぽいというか」

「むしろ普段より着込んでるんだけどな。こんなに着ないし家ではもっとラフだろ」

「着込む方が増す時もあるのです！」

何故か力強く力説されて戸惑うのだが、他の女子達もうんうんと何やら訳知り顔で頷いていい

るので、とても否定出来る雰囲気ではなかった。

相変わらず真昼は頬を染めて上目遣《うわめづか》いでもじもじしており、男子達がその可愛らしさにやられているのでそろそろ止めなくてはならない。

「……真昼、そういう顔は人に見せないようにな。死人が出る」

「周くんもです」

「はいはい」

「て、適当な……」

不服そうではあるが、顔については真昼の整い方と周の整い方とでは次元が違うので、真昼のような男女問わず魅了していくような事はまず無理だ。

なのでそういった点では心配要らないという意味でのスルーだったのだが、真昼はやっぱり納得がいかないように少しだけ周の二の腕をぺしぺしと小突くのであった。


「いらっしゃいませ」

「ウッ……」

お披露目が終わったところで実際に接客練習する事になったのだが、練習になっていなかった。

あまりに眩《まぶ》しい光は目を焼く。真昼のお仕事用スマイルによって、男子達が使い物にならなくなっていた。

我こそはと志願して客役になった男子達がことごとく笑顔の前に砕け散っている。天使様スマイルは恐ろしいものである。

初撃に耐えた者も席に案内されて微笑みかけられると撃沈しているので、これは加減させないとまずいのではないかと周も頬がひきつりだしていた。

「天使が恐ろしい……椎名さんを止めるんだ周」

「あの笑顔、全力じゃないぞまだ」

「何ィ、彼女にはまだ上があるのか……ッ」

「面白《おもしろ》がってる場合じゃない。洒落《しゃれ》にならんぞ、これ」

外野から見ている周からすれば、真昼の笑顔はまだまだ作り物めいている。

愛想笑い、お仕事スマイルだからと言えばそうなのだが、あくまで接客のための上品な笑顔だ。真昼がもっと心を込めて微笑んだ場合割と真面目に男子達が機能しなくなる気がした。

女子ですら現状見とれている人がいるのだから、天使スマイルの効果は顕著だ。

「……接客練習にならないね」

様子を見ていた彩香も流石に苦笑いしている。

普段から側《そば》に居るので慣れているからか破壊力を甘く見ていたが、本来の真昼は人を魅了してやまない美貌と雰囲気を持っているのだ。こうなる事を予期しておくべきだった。

「多分接客自体には問題ないと思うけど……客をのぼせさせるのも困るよね」

「すまん」

「いやこれは藤宮くんも椎名さんも悪い訳じゃないし……」

そう言って遠い目をする彩香には非常に申し訳なかったが、周にもどうしようもなさがある。

「……冷たい飲み物多めに仕込んでおいた方がいいかもな」

「だね……キンキンに冷やそう」

真昼効果で大変教室内が熱気に包まれそうなので、空調にも気を付けてもらおうと二人の話し合いで決まった。

「しかし、手加減してもらわないと困るなあ」

「そうだね、被害者が」

「いや、被害者ってのもあるけど……あんまりこっちとしては面白くないし」

こぼした本音に、彩香はキョトンとした眼差しを向けてくる。

「彼女が愛想笑いとはいえ他の男子に笑顔を振り撒《ま》くのは、面白くはない。狭量と言われればそれまでだけど」

理屈としては、納得しているのだ。

任された仕事の責任を果たしているだけであるし、真昼の浮かべている微笑みは大多数に向けた、外行きの笑顔だ。周だけに見せる、あどけなく無垢《むく》な笑顔でも、ほのかな色香を孕《はら》んだ小悪魔のような微笑でもない。

それでも胸の奥で引っかかりを覚えるのは、やきもちを焼いているから、と自覚している。

情けないな、と自分で自嘲しながら肩を竦める周に、彩香は何の含みもないまっさらな瞳を向けてくる。

「あれだよね、藤宮くんって椎名さんの事溺愛してるよねえ」

「……あんまり正面からそういう事を言わないでくれないか」

「んふふ。椎名さんがべた惚《ぼ》れなのは見てて分かるんだけど、やっぱり負けず劣らずぞっこんというか……藤宮くんってあんまり物事に執着しないタイプだなって思ってたんだけど、椎名さんの事になると別だよねえ、と」

「それを他人から言われる俺の身になってくれ」

「だって、見てたらとっても大切にしてるし好きなんだなーって。藤宮くん、無表情だとちょっと怖い感じあるけど、椎名さんと居ると表情豊かだしへにゃって幸せそうに笑うから、特別なんだってすぐ分かるよ」

からかうような声音《こわね》でもなくしみじみ言われるものだから一蹴する事も出来ず、視線が泳ぐ周を彩香は純粋に楽しそうな笑みで迎える。

「まあそんな訳で、やきもちやいてるの見て藤宮くんも男の子だし椎名さん大好きなんだなーってよく分かって微笑ましくなったというか、とにかくいいなと思った訳です。……惚れてはないから安心してね？」

「そこで何でそうなった」

「いや、椎名さんからの視線が」

こっち見てるねえ、とのほほんとした声に、真昼がこちらを見ている事に気付かされる。

彼女から向けられるのは疑いの視線という訳ではなく、ただほんのり不服そうな視線だ。浮気《うわき》は疑われていない、と思う。

真昼が不特定多数に向ける微笑みに周が複雑な気持ちを抱くのと同じように、真昼は真昼で周が他の女の子と仲良さげにしているのがちょっぴり面白くないのだろう。

かといって真昼は彩香の事は人として好きらしいので、もどかしそうな視線だ。

「周も愛されてますなあ」

「藤宮くんも愛されてますなあ」

話を聞いていたらしい樹のからかいに乗っかるように彩香も楽しそうに笑いながら追従するので、周は一瞬眉を寄せつつも真昼に向けては穏やかな笑みを向けるのであった。

そうして一通り女子の接客練習が終わったところで、今度は男子の番となった。

「私門脇君のお客さん役になりたい」

「あっずるい私も！」

「ちょっと勝手に決めちゃ駄目だから！　それ言うなら私も！」

「いつの間に指名制になったんだ」

女子達が我先にと優太《ゆうた》の練習相手を志願していて、周は女子ってすごいなと遠目に見ながら感心していた。優太が現在フリーなのも、この熱烈なアピールの一因だろう。

友人として接している周としては優太が善良な好青年だし友人としても男性としても魅力的なのは分かっているが、それでもこの人気っぷりを改めて見て、感心とほんのり憐憫《れんびん》を抱いてしまう。心休まる時がないのでは、と傍《はた》から見ていて思うのだ。

当人である優太は困ったような、疲れたような眼差しをしながらも微笑んでいる。

「すごいねえ」

彩香は輪に加わらずのんびりと眺めている。あくまで他人事、何かの催しを遠くから眺めている、といった風だ。面白がっている、というより周のように若干憐《あわ》れみの籠《こ》もった視線を優太に向けていた。

「木戸は……彼氏居るんだっけ」

以前話した際に彼氏が居るから真昼に誤解なきようと言っていたのを思い出せば、優太に興味がないのも頷ける。

「うん居るよー。他クラスだけどね。幼馴染《おさななじみ》みなんだ。いい筋肉してるの」

「すごい紹介で褒め言葉だな」

「やー、だって私の理想なんだもん。素晴らしいと思ってるので褒めなきゃ。……あっ、好きなのはもちろん筋肉だけじゃないよ？　不器用だけど優しくて穏やかな人なんだよ」

　また藤宮くんと一緒に会う事があったら紹介するね、とにこに笑うので頷いておいた。

　今のところ彩香の彼氏のイメージがマッチョで固まってしまったのだが、そんな事は露知《つゆし》らずの彩香は笑いながら軽い騒ぎになりつつある客役の奪い合いを収めるべく、パンパンと強く掌《てのひら》を叩いて注目を集める。

「ハイハイ、門脇くんの練習相手は順番こね。名簿作ってあげるから話し合いして順番決めてー。どうせ何回か練習あるから今の人数なら回せるし。これなら公平でしょ？　というか赤澤《あかざわ》くんはちゃんと仕切ってね、男の腕の見せどころだよ」

「いやこれ男が出張るもんじゃないしなあ。優太ならいけるかなと」

「門脇くんに任せないの！　あとちーちゃんも面白がって傍観しない！」

「えーだって」

「だってじゃありません。とりあえず練習役志願者は端で順番決めて後で申告よろしくね。ほら他の男子達は空いてるし練習やるよ！」

　こういう時本来仕切り役の樹より余程頼もしい彩香に苦笑していると、真昼が静かに近寄ってきてちょこんと隣に立つ。

「私が周くんの最初のお客さんですからね」

「分かってるって。というか皆何で指名しようとしてるんだ」

「皆さんが素敵に仕上がっているからでは？」

「まあ門脇とか爽《さわ》やかーな執事だからな。あれこそ理想形の一つだろう」

瞳をキラキラとさせた女子達に群がられて困ったように微笑んでいる優太は、執事服も着こなしており様になっている。

穏やかで優しげ、そして明るく爽やかな雰囲気の正統派な、それこそまさに本人が地味に嫌がっている王子然《ぜん》とした美男子であり。このような服も非常に似合うのだ。そもそも余程のものでない限り似合わないという事はなさそうである。

本人は全く意図していないがキラキラエフェクトが出そうなくらいにイケメンオーラ的なものを発しているので、見ている周としては並んだ際に比較されそうでちょっと困ったりする。

「確かに、門脇さんは似合ってますけど……好みかと言えばそうではないですし」

「好み云々《うんぬん》で言えば真昼はそりゃ俺になってくれないと困るというか……実際、俺がいいんだろ？」

「もちろん」

きっぱりと言われては気恥ずかしさが滲《にじ》むのだが、真昼は自然な表情で「周くんが一番です」と言うものだから、何も言えなくなる。

（……好かれてるって証拠なんだよなあ）

恥ずかしい反面嬉《うれ》しくもあるので、口許《くちもと》が少しだけ緩むのは仕方ない事だろう。

照れ臭さを誤魔化《ごまか》すために白手袋に覆われた手で口許を覆えば、全部お見通しと言わんばかりに真昼は淑《しと》やかな笑みを浮かべる。

そうして優太の練習相手枠を争う騒動が落ち着いた頃、周達も接客練習となった。周の練習相手が真昼なのは言うまでもない。

「いらっしゃいませ。席までご案内いたします」

客役として教室に入ってきた真昼に自然な笑顔を心がけて向けると、彼女は何故か固まった。いつも真昼に家で見せるものではなくあくまで対見知らぬ客用の笑顔であったのだが、真昼は非常に視線を泳がせている。

「お客様、どうかなさいましたか？」

「いっ、いえ、何でもありません」

首をブンブンと振るので編んだ長髪が鞭《むち》のようにしなって揺れている。あくまで店員と客の距離で接しているのでぶつからないが、いつもの距離なら当たっていたかもしれない。

そんな事を考えられるくらいには余裕があった事にほっとしつつ真昼を席まで案内する。ちなみに入口の受付で人数を確認しているため、店内に入って席がない、といった事態にはならないようになっていた。

「こちらにお掛けになってお待ち下さい」

席を引いて微笑みかければ真昼がビクビクしながら席に着く。

恐らく羞恥と緊張によるものであろうが、恥ずかしいのは彼女に彩香仕込みの接客スマイルを送っているこちらである。何故真昼が恥ずかしがっているのか分からないし、どちらかといえば恥ずかしいのは周の方だ。

とりあえず練習なので真昼の反応は敢《あ》えてスルーしつつオススメのメニューを告げてメモに注文の品を書き、室内にカーテンで仕切って隠してある簡易厨房《ちゅうぼう》の方に向かった。

「……何というか、伏兵というか」

「意味が分からないんだけど」

注文をとったあとも接客練習は続き、退店まで見守ってようやく終わった。

真昼相手に練習を終えて指導役の彩香のところに向かうと、しみじみとした様子で頷かれた。

ちなみに真昼は終始落ち着かない様子だったので、こちらはこちらで何か粗相をしたのかと不安になる。

「あ、対応とか動作に問題はなかったよ」

「真昼があんな風になってるけど？」

「あれは藤宮くんがカッコよかったからでは？　すごく様になってたよ。うちの喫茶店でバイトする？　店長喜ぶよー」

「個人的に金が必要になった時に考えるわ」

今はそういうつもりはないと暗に言えば残念そうに彩香は笑って、それから千歳にファイルで扇《あお》がれてる真昼をちらりと見る。

「椎名さんも文化祭、大変そうだなー」

「まあ真昼目当ての客が多いからな」

「そうじゃないんだなーこれが」

「つまりどういう事なんだ」

「彼氏も彼氏で人目を惹《ひ》きそうだから気が気じゃなくなるんではないかな、と。いつもああいう風に笑顔浮かべてたらモテると思うけどな」

ぷに、とボールペンのノックカバーで頬をつついてくるので、軽く指で払う。

「俺としては、モテるとかはないと思ってるんだけど」

「藤宮くん、ねえ知ってる？　確かに人はまず外見で判断する生き物だけど、その外見って顔のつくりだけじゃないんだよ。清潔感もそうだし、雰囲気とか動作、表情も案外見てるものです。こういうのも失礼な話だけど、顔だけなら藤宮くんより整ってる人は居ると思う。でもそれだけで好感度が決まるとは思わないよ」

「まあ、言いたい事は分かるし俺も思う」

周が最初真昼と関《かか》わるようになった時、別に真昼に対する好感度は高くなかった。綺麗な少女だ、という認識はあったが、好意はなかった。異性に大した興味がなかった、というのも大きいが。

「なら藤宮くんがモテるのも頷いてください。君の笑顔は素敵なのです」

「いやそれ頷いたら自惚《うぬぼ》れ野郎だから」

「あはは。でも、笑ってた方がいいのはほんとだよー。私の彼氏には敵《かな》わないけどね！」

「さりげなくのろけられた俺の気持ちを答えてください」

「そこまで言われる彼氏に会ってみたくなったに一票」

「む。……まあそれはあるかもしれない」

素直で明るく、かつ世話焼きで人懐っこいと短い期間接しただけの周でも分かる彩香が、そこまで惚れ込《こ》んでいる彼氏、というのも気になるところだ。分かっているのはいい人でいい体をしている、という事くらいである。

「まあそれはおいおいね。とりあえず、接客は合格です。花丸あげちゃう」

合格の証ですと言わんばかりにエプロンから花丸が描かれたシールを取り出した彩香は、それを周に手渡す。

側で様子を見ていた樹はおでこに『不可』というシールが貼《は》られている。貼られているというよりは彩香からもらって自ら貼ったのだが。

ちなみに樹の不可はへらへらしていたからという理由である。笑い方が下品にならないように、という注意をもらっていた。

「とりあえず私は他の子の接客を見るので、藤宮くんは椎名さんのところに行ってあげたら？」

「……そうするよ」

「熱烈な愛の言葉も……」

「それはしません」

誰が衆目の中するか、と視線で不満を訴えれば、いつもの朗らかな笑顔で流される。

毒気も抜かれてしまったので、周は何とも言えないむず痒さを感じて頬をかきつつ真昼のところに足を向けた。

「真昼」

「う、あ、周くん……」

「あ、まひるんののぼせた原因さんだ」

千歳が言うのぼせた、というのは真昼の頬が熱を持っている事を言っているのだろう。接客中も白い頬が色付いていた。

赤らんだ頬にほんのりと潤んだ瞳のメイドが椅子《いす》に体を預けつつこちらを見上げてくるので、非常に心臓に悪い。

「周はねえ、まひるんキラーという特性があるんだからあんまりいじめちゃダメだよ？」

「なんだよその特性……」

「まひるんのみに発動する特攻性能？」

「……今の周くんの対象は私だけじゃないと思いますけど」

ぼそりと呟《つぶや》いた真昼に苦笑しつつ隣に座ると、真昼がふるりと体を揺らした。

「そんなにカッコよかった？」

「……はい」

「そりゃ彼氏冥利《みょうり》に尽きるな。……まあ、真昼以外に目を向けるつもりがない事だけは理解してくれ」

「そ、それは分かってますけど……やっぱり複雑というか」

もじもじと居たたまれなさそうに体を縮めている真昼を宥《なだ》めるように撫でてやれば、真昼は顔を更に赤らめた。

「……まひるん特攻というか、広域殲滅能力というか。まひるんを照れさせる事によって相乗効果で被害を生み出していくというか」

「何か言ったか」

「いえなんでもー」

変な事を言いだした千歳に鋭い視線を送れば、素知らぬ顔で目を逸らされた。

第7話　呼びたい人

周《あまね》達が通う学校では文化祭と言えど一般開放している訳ではなく、親族や知人のみが参加可能、その上事前申請が必要になってくる。学生が申請した分チケットを配布し、そのチケットを使って入場するといったかたちだ。

もちろん一人あたりの配布上限は設けられている。

これは近年物騒である事や、数年前に校内で暴力沙汰《ざた》を起こした一般客が居たための措置である。いくら文化祭でも学生の安全が優先なため、熟考の末に決められた事らしい。

「私は誰《だれ》も呼ぶ相手が居ないのですよね」

夕食後、学校で配られた申請用紙を眺めながら、真昼《まひる》は何て事なさそうに呟《つぶや》く。

真昼は天使様と呼ばれて愛されているが、基本的に特定の友人を作らないようにしてきたらしい。中学時代でもそれは変わらなかったらしく、非常に親しい友人と言える存在は居なかったようだ。

友人を呼ばないなら両親となるが、真昼はまず呼べないだろう。そもそも真昼は両親を呼びたがらないので、呼ぶ相手が居ない、という結論になったのだろう。

「わざわざ呼ぶ仲の相手が居ないから無縁のものです。仲いい人は学内に居ますからね、困りません」

「まあ俺《おれ》も……いや言わなかったら母さん達がうるさいからな……」

「志保子《しほこ》さん達も参加なさるのですか？」

「去年黙ってたら後からめちゃくちゃ言われた」

バレた時の志保子の拗《す》ね具合がひどかった。しばらく不満のメッセージが飛んできたし、修斗《しゅうと》からは『志保子さんがとても悲しんでいるよ』と電話を寄越すくらいには引きずっていた。

周としては、わざわざ遠方から呼ぶのも大変だし高校の文化祭くらいいいだろう、という気持ちもあったし、志保子の性格的に人前でもスキンシップしてくるのが見えていたので、高校生にもなって親と馴《な》れ合っていると思われるのが嫌だった。それに加えて、両親のいちゃつきを他人に見られたくなかった、というのもあるが。

今年は流石に覚えていたらしく『そろそろ文化祭よね』というメッセージが届いた。確実に遠回しなチケットの催促であろう。

流石に去年の事があって呼ばないという選択肢はないが、気は進まないものである。

「人前でいちゃつくなと念押しして呼ぶ」

「あ、あはは」

真昼も志保子達がナチュラルにいちゃついているのはよく分かっているので、苦笑いを浮かべている。

「まあ、だから呼ぶのは二人だけかな。地元から距離があるし、呼ぶほど親しい人は地元に居ないからな」

「そうですか……」

かつてあった騒動の一端を知り、そしてかつての友人との別れを見た真昼は、それ以上続けようとはしなかった。

周としては、自分より両親の問題がある真昼の方を気にしてしまう。

真昼の父親である朝陽《あさひ》は周が確認した限り、一応人柄的には問題がないが双方会うという考えはないらしいし、母親はまず会いたがらなそうだ。それは一度二人の会話を聞いただけの周でも分かる。文化祭なんて呼べたものではない。

かといって真昼の高校以前の生活なんて知らないので、口を出せないと思ったのだが――。

「……そういえば、真昼は誰も呼ばないって言ったけど、ハウスキーパーの人は？」

真昼は両親からネグレクトに等しい扱いを受けていたが、そんな彼女に愛情を注《そそ》ぎ教育をした女性が居たという事を思い出した。

真昼の家事の手際のよさや料理の腕はそのハウスキーパーの人仕込みらしいし、真昼もその女性の事を話す時は優しい顔をしていた。ある種真昼にとって親代わりとなった人と言っても過言ではないだろう。

周の言葉に、真昼は目を丸くする。

「小雪《こゆき》さんの事、覚えてくださっていたのですね。少し話しただけだと思うのですけど」

「そりゃ真昼の話だからな。その人は呼ばないのか？」

「……無理です」

いい提案だと思ったのだが、真昼の顔が少し寂《さび》しそうに、悲しそうに歪《ゆが》むものだから、失言だったと気付かされる。

「……ごめん」

ハウスキーパーの女性、小雪の身に何かあったのに軽々と呼べばいいなんて言ってしまった、と思って眉《まゆ》を下げた周だったが、何を想像したか気付いたらしい真昼がその思考を払うように慌てて手を振る。

「いえそうでなくて！　小雪さんは私が中学に入って少しした頃にハウスキーパーを辞したのですけど……その、腰を悪くしてしまって」

「……あー」

「いくらお仕事とはいえ、一人で広い家の管理をさせましたし、無理させて申し訳なかったと思い出してしまって」

腰をやった、と聞いてそれは無理だな、と思った。

一度腰を悪くしてしまうと、治ったとしても再発しやすい。

腰に爆弾を抱えて生活するようなものなので、重労働は出来なくなるだろうし無茶も出来なくなる。

そんな状態で遠出なんて易々《やすやす》とは出来ないのが見えていて、真昼が躊躇《ためら》っている理由もよく分かった。

「今は娘さん夫婦と一緒に暮らしているんです。来てもらおうにも体調が心配なんですよ。来客者向けの気軽な休憩場所もあまりありませんし、そもそも彼女の住まいからここは距離がありますし、流石にお呼び立てするには申し訳ないな、と」

「そっか。それは残念だな」

「ええ」

彼女がそのハウスキーパーの女性を慕っているのは、表情を見れば分かる。

彼女の生活能力だけでなく人格形成にも携わったであろうその人に周も会ってお礼を言いたかったが、体を悪くしているならどうしようもないだろう。

「俺も少し残念。折角真昼がお世話になった人なのに挨拶《あいさつ》出来なくて。今度挨拶に行った方がいいかな」

「え、あ、挨拶ですか？」

「うん。真昼の親みたいなもんだろ？」

恐らくではあるが、真昼の人格形成に多大な影響を及ぼした人だ。

親よりも親らしい態度と振る舞いで真昼にたくさんの事を教えてくれた、周にとっても恩人とも言える。彼女が居なければ、真昼はまっすぐ育たなかっただろうし、周と関《かか》わる事もなかっただろう。

「……そう、ですね」

「なら挨拶は要るだろ」

実の父親には娘はもらうという宣言に等しい事を言ってあるし受け入れられているが、育ての親にも言っておくべきではないだろうか。

真昼から聞いた限り随分とお世話になったようだし、職務の域を越えて可愛《かわい》がってもらったようなので、そんな周にとっても大恩ある人物に何の断りもなくもらっていくのは失礼のように思えた。

やはり彼女を育ててくれた人には顔を合わせたいし、直接もらうと宣言したい気持ちがある。

「まあ、それはもう少し先になって話が固まった時にでも考えようか。急に訪ねるのも失礼だし、機を見計らってアポを取りたいよなあ。真昼は連絡先知ってるみたいだから手紙か電話あたりで……って、真昼？」

ほぼ娘と同義のような存在をさらっていく訳なので、やはり正式に挨拶は必要だよな、と方法を考えているのだが、当の真昼はぎこちない様子で視線を泳がせている。

「い、いえ、なんでもない、です」

「何でもなくない顔なんだけど」

「何でもないのです」

それ以上は言う気がないらしく真昼のお気に入りのクッションを顔に押し付けられて視界を塞《ふさ》がれたので、周は仕方ないなと笑ってされるがままになっておいた。

第8話　文化祭直前の一幕

文化祭で喫茶店というのはなかなか手間のかかる出し物であったが、周《あまね》が思うよりもずっと順調に進んでいた。

服を貸し出してもらえた、というのが一番大きいだろう。この問題を乗り越えられたからこそ喫茶店を開ける事になったのだ。

あとは内装と客に出す品だが、内装は教室の机や椅子《いす》を利用しつつ綺麗《きれい》に見せる程度なので問題はない。

他に用意が大変なのが、提供する飲食物であった。文化祭は二日あるので、その分を上手《うま》く見越して衛生に気を付けながら用意しなければならないのだ。

といっても、今回はそう大変なものではない。衛生的な観点と手間の問題から、市販品を大量購入して提供する事になった。

周達のクラスの出し物はメイドと執事の居る喫茶店。メインはほぼ店員の外見と雰囲気を楽しむものなので、ここばかりは妥協せざるを得なかった、というのが正しい。

家庭科室使用申請の待機クラス数を考えても、市販品の提供は英断だったと言えよう。

「まあ飲み物はちょっと本格的にするんだけど」

茶目っ気溢《あふ》れる笑顔にウィンク付きで告げるのは、実行委員長でもある樹《いつき》だ。

コーヒーは伝《つて》があると専門店で格安で仕入れさせてもらった樹は、上機嫌そうに笑って挽《ひ》いた状態の豆が入った袋をぽんと叩《たた》いた。

本来は挽きたての方がいいが、流石にそれは高校生の模擬店では設備的にも手間的にも不可能なので、あらかじめ用意したものとなる。紅茶用の茶葉もしっかりと用意されており、提供物に関しては準備万端といったところだ。

「思ったよりよく出来たよね」

飾りつけがほぼ終わった教室を見渡しながら、千歳《ちとせ》が小さく呟《つぶや》く。

内装は元が教室なので限度はあるが、教室の勉強机を誤魔化《ごまか》すようにかけられたテーブルクロスやクッション、ロッカーの上に飾られた小物が雰囲気を醸《かも》し出している。

本格的なものとはとても言えないが、学生の催し物としては充分だろう。そもそもメインは衣装を身にまとった生徒なのだから。

「そうだな。これだけ出来ていれば充分だと思う」

「そうですね。カーテンや小物類だけでも結構変わりましたし」

「なかなかいい仕事してくれたよな。このカーテンなんか雰囲気バッチリだよ」

演劇部から借りてきた金色の飾り紐《ひも》がついた豪奢《ごうしゃ》なカーテンを指差すと、小さく「汚したら大変そうだけど」と千歳が呟く。

カーテンの側《そば》にはあまり席を置かないようにしているが、もし汚したらクリーニング代が大変そうである。

「ま、これだけすればいいでしょ。あとはお客さんが来るのを祈るのみだね」

「……椎名《しいな》さんがメイドやってるって時点で入れ食いな気がする。むしろ椎名さん目当てで溢れそう」

「俺《おれ》の彼女は餌じゃないんだけど。それに、他の女子も衣装似合ってたんだし、真昼《まひる》だけが目当てってのは失礼だと思うぞ」

真昼しか興味がないとはいえ、客観的に見てメイドの衣装を着る女子達は見目よいし、似合っていた。確かに贔屓目《ひいきめ》抜きにしても真昼は群を抜いて可愛《かわい》らしいが、真昼だけが似合っているという訳ではない。

「いっくんは今の周の発言を見習ってもいいと思う」

「いて、いてて、ちぃも可愛いから」

「とってつけた褒め言葉ー。もっと褒めてくれないとこの前話してたところのアフタヌーンティーコースの刑だよ」

「あそこ高いから！」

「リアルに一つのテーブルに一人バトラーがつくらしいからいっくんは見て学ぶといいよ」

「色々と勉強代が高い！」

わちゃわちゃと仲良くデートの計画を練っている友人二人は置いておき、隣で静かにしている真昼を見る。

何故《なぜ》か、真昼は微妙そうな顔をしている。

「真昼？」

「……周くんは、私の事……い、一番、可愛いって、思ってくれますか？」

「急に何だよ。さっき他の女子褒めたの気にしてるのか。……当たり前の事を聞かれても。俺にとって、一番似合ってたし可愛いよ」

「は、はい」

周にとって真昼が特別なのは前提だったのだが、やはり真昼的には気にしてしまうらしい。

どうやらちょっとしたやきもちをやいてくれたらしい真昼には小声でしっかりと称賛すると、真昼もそれだけで納得してくれたのか嬉《うれ》しそうに口許《くちもと》を綻《ほころ》ばせていた。

学校なのでくっついてくる事はないが、はにかんで服の袖《そで》をちょこんと摘《つ》まんでくる。そんな仕草すら人目を惹《ひ》くのだから、自分の彼女の可愛らしさに今度は周が小さなもやもやを胸に抱える羽目になった。

（……当日はもっと視線を集めるんだよなあ）

今はクラスメイト達の、それも複雑ではあるが生暖かい視線だから、まだいい。

問題は、文化祭当日だろう。

不躾《ぶしつけ》な視線を送る人間や弁《わきま》えない人間も出てくる事が予想される。

（なるべく離れないようにしよう）

そのためにシフトを同じにしてくれたらしい樹達にはひっそりと感謝をしつつ、口許に照れた笑みをたたえる真昼と揉《も》めつつも仲睦《なかむつ》まじそうな樹と千歳の二人を交互に見て、小さく苦笑いした。

第９話　文化祭、開幕

　文化祭当日は、天候にも恵まれ快晴だった。

　少しずつ夏の余韻が抜けてきている気候が幸いしてか、割と着込む衣装でも体温調節には問題なさそうである。ネクタイをきっちり締めても汗ばまないのは幸いだった。

「一番最初のシフトだとちょっと緊張するね」

「まあお昼になったら交代だからそれまでは頑張らないとな。門脇《かどわき》と真昼《まひる》が居るから、結構混雑しそう」

「それはごめんね。でも、なんというか、仕方ないというか最早諦《あきら》めてるよ」

　先に行われた生徒向けの開会式を体育館で聞き終え、一緒のシフトである優太《ゆうた》と更衣室代わりの控え室で話しながら着替えるのだが……優太は最早達観したように微笑《ほほえ》んでいる。

　見世物にされているのは日常茶飯事らしく、服装が変わるだけなので諦めて受け入れるつもりのようだ。

　美形は本当に苦労が絶えないな、と周《あまね》は無意識に哀れみの視線を向けてしまったのだが、それに気付いた優太が小さく笑った。

「藤宮《ふじみや》も気を付けなよ。椎名《しいな》さんがやきもちやいちゃうから」

「俺《おれ》は門脇に霞《かす》んでひっそりとしてるから大丈夫」

「よく言うよ。……まあ、妬《や》かれるより妬く方が多いかもね、藤宮は」

「妬くというより最早不安でひやひやしてる」

真昼は可愛《かわい》らしいしメイドの衣装もよく似合っている。変な男に付きまとわれたりセクハラされたりしないか心配になるくらいには、非常に似合っていた。

真昼目当ての生徒達も沢山訪れるであろうし、彼氏としては面白《おもしろ》くないし、不躾《ぶしつけ》な視線を送られないか不安になる。

周の胸中を察したらしい優太はへにゃりと眉《まゆ》を下げながら苦笑いして「頑張って」と背中を叩《たた》いた。


着替えて教室に向かえば、もう粗方《あらかた》の準備を済ませたらしいクラスメイト達が揃《そろ》っていた。ここに居ない生徒は恐らく調理室の方に居るのだろう。

昼からのシフトなので制服のままの樹《いつき》が、クラスメイト達が集まったのを確認して教壇の前に立って相変わらずの明るい笑みを浮かべる。

「今日は文化祭一日目だ。正直どれだけの人が来るか分からない。こういった試み自体は前例がないって訳じゃないけど、なんたってこのクラスには人気者が居るからな」

樹はちらりと優太と真昼を流し見る。

見られた二人は苦笑を浮かべていた。それは覚悟の上なのだろう。

「ま、オレらはオレらなりにやっていこうぜ。折角の文化祭、楽しまなきゃソンってやつだ。客がこようがこまいが関係なしだ。ぶっちゃけ来年はこんなに余裕ないと思うからな。目一杯楽しめるのは二年生が一番だ。来年はどっか頭の片隅に受験がーってあると思うし」

「そういう事言われると気が滅入《めい》りそうなんだけど」

「一気に憂鬱《ゆううつ》になったんですけどー」

「スマンスマン。じゃあしんみりした空気はなし！　今年も文化祭楽しくやってこうぜ！」

一瞬憂鬱《ゆううつ》そうな気配がクラスに流れたものの、樹の笑顔で一気に空気も明るくなる。樹が仕切り役を買って出たのは正解だった。

「あ、そうそう業務連絡っつーか注意事項な。みんな分かってると思うけど、店内撮影禁止を徹底させてくれよ。受付の時に口頭で注意喚起してもらうけど、写真はアウトな。お願いされてもそういうサービスは承っていませんで突っぱねろ。めんどくさい事が起きかねないから」

都心の電気街に存在する、そういった専門店でよくある写真撮影サービスはもちろんない。あくまで学生の文化祭であり、店員の容姿を売り物にしている訳ではないためだ。

そのため店内には撮影禁止の貼《は》り紙《がみ》がしてあるし、テーブルに設置されたメニューの端にもそういった旨《むね》の文章がある。

ちなみに文化祭開催にあたり、敷地内での動画撮影は禁止となっている。他校で動画配信サイトやアプリで行事を生徒が配信した結果女生徒に対するストーカー事件が起こったらしく、我が校ではここ数年で新たに決まった禁止事項だ。

そういった禁止事項が出来るくらいには世の中が移り変わっている、と思うと感心するやら呆《あき》れるやらで忙しいのだが、とにかく規則を守らない人間は居るので気を付けなければならないだろう。

「ま、注意はこんなところかな。そろそろ始まるぞ」

樹の声が終わったと同時に、教室にあるスピーカーからノイズが僅《わず》かに聞こえた。

そして次の瞬間には、校長による文化祭開催宣言がスピーカーからこぼれ落ちる。

「じゃあ、今日と明日の二日間、頑張っていくぞー！　目指せ売上学年一、だ！」

高らかにやや無謀な事を言いつつも拳《こぶし》を掲げる樹に、クラス中が沸《わ》き立つ。気合いのほどは充分だろう。

周も改めて背筋を伸ばすと、側《そば》で静かに聞いていた真昼が控えめに微笑《ほほえ》んで「がんばりましょうね」と囁《ささや》いた。

予想通りと言えばいいのか、開店当初から客……主に生徒が周のクラスにやってきていた。

「天使様効果こわい」

そう呟《つぶや》いたのはクラスメイトであり同じシフトの接客担当男子山崎《やまざき》だ。

開始早々に席が埋まるという学生の催し物としては珍しい光景に圧《お》されているのだろう。というより客の熱意に、が正しいのかもしれないが。

飲食店で流石に一気に客をさばける訳がないので店内に入る客も限られているとはいえ、この盛況具合にたじろぐのも仕方ないだろう。

真昼が通路を通る度に男性の視線が吸い寄せられるので、周としては呆れやら感心やら不愉快やらで顔が歪《ゆが》みそうになっている。

分かりきってはいたので諦めてはいるものの、面白くないものは面白くない。真昼からしてみれば周にも同じ事が言えるらしいのでお互い様ではあるだろうが。

「まあ予想していた事だからな。それより客がきたぞ」

山崎を窘《たしな》めつつ、新たに入店してきた客を席まで案内する。

基本的に手の空いているスタッフが対応するのだが、担当スタッフを指名しようとする客が居るから困ったものである。そういったサービスは行っていないので、ほしいなら専門店を訪ねてほしいところだ。

ただいま接客している女生徒は恐らく優太目当てであろうから申し訳なさがあるのだが、今優太は他の客の接客をしているので周で我慢してもらう事になる。

「お客様、どうぞおかけになってください」

椅子《いす》を引いて彩香仕込みの微笑みを向けると、優太でなくてちょっと残念そうにしていた女生徒がハッとなったようにこちらを見てくる。

やはり目当ての人間でなくて申し訳ないな、という気持ちを抱きつつ荷物用のかごを案内して、メニューを女生徒の前に置く。

「当店本日のおすすめメニューはこちらのAセットとなっております。いかがでしょうか」

「じゃ、じゃあそちらを……」

ちなみにおすすめメニューと言いつつメニューは焼き菓子とドリンクを組み合わせたABCの三種類しかない。ドリンクだけで居座られると困るのでセット販売になっている。

アレルギーは事前申告するようにと受付の人が注意を促しているので問題はない筈《はず》だ。

ややためらいながらも注文をしてくれた女生徒に「かしこまりました、ご注文の品が出来るまでお待ちください」と丁寧な仕草で一礼して裏方の方に伝えに行く。

「A一つ。注文詰まってきてるから頑張れ」

裏では菓子を皿に盛り付けたり借りたりしている調理室の一画と教室を行ったりきたりしているクラスメイトが居て、たまたま手が空いていたクラスメイトがのろのろと顔を上げる。

「おー……受付の方見たらやばかった」

「しぬなよ」

「喫茶店としては最初から用意出来てるものが多いからなんとかなるけどさあ」

「なんとかなるけど？」

「……お前らが後で大変そうだなーって見てて思う」

「そうか？　まあ、門脇は引っ張りだこでこれから更に忙しくなると思うけど」

「そうじゃないいんだよなあ」

ため息をつかれたが、具体的に言わないのでよく分かってはいないがそこまで困るようなものでもないだろう。

意味分からん、という眼差《まなざ》しを向ければ逆に憐《あわれ》れまれた。

「あと、さっきから椎名さんが裏に来る度微妙に不服そうな顔してたぞ」

「何でまた」

「お前のせいだと思うけど」

「接客ばかりは仕方ないだろ」

「それもあるけど多分そうじゃないいんだよな」

「さっきから何が言いたいのか分からん」

何だか遠回しに責められているような気がするのだが、いまいち理解出来ずに眉を寄せる。

恐らく真昼はやきもちをやいている、という事なのだろうが、彼の言い方からして他に何か別の事で拗《す》ねているようにも聞こえる。

後で真昼に聞いてみよう、と決めつつ、適当なところで会話を打ち切って用意された品をテーブルに運ぶ事になった。

開店から一時間半経《た》ったが、未《いま》だに客の勢いは衰える事を知らなかった。むしろ増えている。時間経過によってどんどん来場者が増えているというのもあるが、列をなしているのがより人の好奇心を煽《あお》るらしい。最初は生徒がほとんどであったが、徐々に招待客の姿が見えるようになった。

流石に生徒達のような熱気はないものの、基本的には見目麗《うるわ》しいスタッフ達の姿にほぅと息を吐いている客の姿がちらほら見える。

中には話しかけて何とか交友を持とうとする比較的若い客も見えたが、給仕スタッフにはすげなくあしらわれていた。

「お嬢さん可愛いね」

真昼も当然声をかけられているのだが、真昼は控えめな微笑みでお礼を言ってそのまま接客を続けている。

話を続けさせるつもりはないようで、続けて口説《くど》こうとしている男性の話をぶったぎって「ご注文はお決まりでしょうか?」と繰り返していた。

一律対応する事であなたはただの客だと突き付けているらしい。

「注文は決まっているんだけど、それより君が……」

「ご注文がお決まりでしたらお伺いします」

「ええと、この後よかったら」

「申し訳ありませんがそのようなサービスは承っておりません。ご注文がお決まりでしたらお伺いします」

なおも言いすがろうとしていたが、真昼は笑顔でマニュアル通りの対応をしているし、周囲のスタッフが冷たい視線を向けていると気付いたらしく、その男性客は萎《しぼ》んだように大人しくなって注文を口にしていた。

そんな事が何回か起こると、流石に周も苦笑いが浮かぶ。

（……なんか俺だけじゃなくてみんな過保護な気がしてきた）

真昼に危害は加えさせまいというクラス中の意思を感じる。

確かに真昼はクラスからも愛されているのだが、ここまで気遣ってもらえるとは思わなかった。

「心配なのは分かるけど、一応俺達も気にしてるから気を張りすぎないようにね」

内心で驚いていたら、ちょうど少し手が空いたらしい優太が苦笑しつつ近寄ってきた。

ちなみに彼も女性からよく声をかけられていたが、慣れているのかさらりとかわしている姿がよく見られた。

「人気者の彼女さんが居ると気が気じゃないってのは分かるし、藤宮も椎名さんを気にし続けられる訳じゃないからね。俺達がサポート出来る時はするよ」

「門脇……」

こういうところで優太やクラスメイトの人柄のよさを実感して、胸にじわりと熱が染み渡ってくる。

「まあ、友達に嫌な思いをしてほしくないってのもあるけど……折角の癒《いや》しを邪魔してほしくないというか」

「癒し？」

「二人の甘酸っぱい空気と関係を邪魔すんなコラァ、がクラスの総意みたいだよ」

「ごめんちょっと意味が分からない」

何言ってるんだこいつ、という目を向けてしまったのは悪くないだろう。

彼から聞こえてくるとは思わないような言葉選びの意見を聞いてひきつった周に、意味が分からない台詞を吐いた優太は相好《そうごう》を崩し面白そうに喉《のど》を鳴らしている。

「まあ、何だかんだ椎名さんは愛されている、でいいと思うけどね。二人セットで好意的に見られている、と言ってもいいと思う」

「それは観察されているというのと同じだよな」

「いやまあ、二人が普通にいちゃつくから目に入るというか」

「いちゃついてません」

「いやいやいや」

逆に何を言っているんだという目を向けられて、周は唇を引き結ぶ。

意図的にいちゃついた覚えはない。

覚えはないが、無意識に真昼に触れたりそういった雰囲気を醸《かも》し出す事が多いのかもしれない。

（……気を付けないと）

でないと、いつか無意識にやらかしてしまいそうだ。

周が押し黙ったのを見て優太はくすくすと楽しそうに笑って「まあ、本人達が幸せならいいんじゃないかな」とのほほんとしているので、周は何だか恥ずかしくて唇を閉ざす力を先程よりも強くするのであった。


「周くん」

周が裏に一度入ると、たまたま裏に居た真昼はぱあっと瞳《ひとみ》を輝かせながら近寄ってくる。

営業スマイルとは全く違う、周にだけ向けられる心からの笑顔にドキリとしつつ、周も真昼にだけ向ける笑みで出迎えた。

「疲れてない？」

「平気ですよ。みなさん気遣ってくれますし……カメラ向けた方に笑顔で威圧しに行くみなさんには驚きましたけど」

「あー。まあ、撮影禁止って書いてるし事前に言ってるのに無視したから仕方ない」

「みなさんこころなしかやる気満々で……」

「それはまあ」

何故《なぜ》か温かく見守られているから、とは言えずに言葉を濁した周に真昼は気付いた様子はなく、鈴を転がしたような笑い声を微《かす》かに上げる。

気付いていないのか、慣れているのか、分からないがとりあえず今は喫茶店の事に思考が割かれているらしい真昼はちらりと表の方を見た。

「思ったよりずっとお客様が入ってきますね」

「まあバンドワゴン効果ってやつじゃないのか。並んでると入りたくなる的なやつ」

「かもしれませんね。もちろん、それもあるでしょうけど」

そこで視線が周に移る。

「……目的の人が居たら、入ってしまうのだと思いますよ。お外の会話を聞いたらそういう声がありましたし」

「まあ生徒だと真昼目的の人が多そうではあるな……」

「……周くん、私この文化祭が終わったら周くんに色々とお話ししなければなりません」

「え、何を」

「色々、です」

何か不服を抱きつつも隠したようにわずかに眉を寄せている真昼に、何か地雷を踏んだのかと焦《あせ》りながら真昼の瞳を見つめれば、ぷいと逸《そ》らされた。

ただ、これは怒ってますよアピールではなく、恥ずかしさからくるもののようだ。ほんのりと頰《ほお》が赤みを帯びている。

「……その格好はずるいです」

「ええ……そろそろ見慣れてくれ。練習でいくらでも見ただろ」

「他の人に向ける眼差しと私に向けるものが違いすぎて無理です」

「そりゃ一緒でも困るし……」

恋人に向けるものと、客に向けるものが同じな筈がないのだ。例えどんなに可愛らしい女性客がこようと、一律した対応になるだろう。

そもそも、この真昼の可愛らしさに勝てる人が見つかる気がしない。照れつつ拗ねている、周にだけ見せてくれるこの表情は誰《だれ》よりも愛らしいと思っていた。

「周くんは分かってません。……今更、周くんのよさに気付いたって、渡してあげません」

急に話を変えてきた真昼にいきなりどうしたと首を傾《かし》げるが、真昼はそれ以上話す事はなくただ八つ当たりのように一度胸をぽこりと叩いた。

文化祭で真昼がスタッフとして給仕するにあたって一番不安だったのは、人目を惹《ひ》く事ではない。

見目のよさに交流を持とうと絡《から》んでくる人間の存在でもない。

人間の三大欲求の内の一つを、他人に直接ぶつけようとしてくる人間が現れる事だ。

お昼過ぎ、周達のシフトが終わる数十分前の事だった。


入店当初から、女性スタッフを視線で追い続けているな、とは思っていた男性客が居たのだが、この喫茶店では見目麗しい女子達が相手をしているので珍しくはない。

ただ、値踏みするような視線をしていたので少し気を付けなければならないな、という予感はしていたのだ。

周が注文の品を運び終え、盆を片手に裏に戻ろうとした時……真昼に手が伸びたのが見えた。

真昼もその男に品を運び終えたから後ろを向いた瞬間の出来事だった。当たり前ではあるが、後ろの事など見えない。

スカートに覆《おお》われた腰部、いや手の向かい先的には臀部《でんぶ》に触れようとしているのが見えて、周は一歩踏み出す。

近くに居たからこそ、比較的ゆったりとした動作だったからこそ、周も手にしていたものを伸ばす事が出来た。

「お客様、当店のスタッフに不用意な接触をするのは控えていただけますか」

掌《てのひら》が触れる前に盆を真昼と掌の間に滑り込ませた周は、あくまで温厚な風を装って静かに注意の言葉を口にする。

表面上は穏やかに見えるが、内側では、ただでさえ可愛い彼女がナンパされている様を見せられてやや苛《いら》ついていたのに、性的接触を図ろうとされて、怒りに火が付いていた。

声で振り返った真昼は何をされそうになっていたのか盆で留められた掌の位置で察したらしく、ひくりと頬を震わせて一歩後ずさった。

そんな真昼を庇《かば》うように横にずれた周は、なるべく柔和《にゅうわ》な笑みを浮かべてみせる。

気付けば店内が静かになっていた。視線を集めているのは感じたが、それが気にならないくらいに周は怒りを感じていた。

しかし、同時に冷静でもある。

今のは未遂であり、言い逃れはしようと思えば出来る。

恐らく周囲の人間も気付いていていたのか男の掌を凝視しているが、まだ何もしていない。たまたま、と言われたらこちらとしては引き下がるしかないだろう。

ただ、真昼への接触を無罪にしようとも言い逃れ出来ない事が一つあると気付いた。

「ところでお客様、入校許可証はどちらに？」

唐突な話題転換に、男の目が丸くなるのが見えた。

「一つお伺いしますが、どうやってこの校内に入ったのでしょうか。入場許可証であるバンドがないのですけど」

校内では、来場客は入校許可証として使い捨てではあるが丈夫なバンドを身に付ける事になっていた。

近年物騒な事件が多いし盗難も発生しがちなので、人の出入りが激しいこの文化祭期間、生徒は名前こそ表示しないが学年ごとに色の違う紐《ひも》で留められた名札入れを首からさげ、一般客はバンドを着用する。

校内には生徒準備用の部外者立ち入り禁止区域があるので、そこに紛れ込まないようにさせるための措置でもあった。

指摘に、しどろもどろに「そ、それは濡《ぬ》れて破けたから……」と口にする男性に、周はつい笑ってしまった。

「おかしいですね。防水紙製なのですけど。それから、パンフレットにはなくしたら再発行が可能なので本部に届け出るように書かれている筈です。ちなみにあなたの入場許可証を申請した生徒は何年何組のどなたですか？　答えられますよね」

「そ、それは」

「……話にならないですね」

笑みを収めた周は、様子を窺《うかが》っていたスタッフ達に視線を滑らせる。

「悪いけど誰か生徒会役員か教員の誰か呼んできて。流石に呼んでもいない部外者がウロチョロしてたらまずいだろ」

「もう連絡してるし、見回りしてた担任がこっちに向かってるそうだよ」

「手際がよろしいこった」

門脇からの素早い返事と行動力に安堵《あんど》を混ぜつつ肩を竦《すく》め、それから態度を改めて痴漢未遂の男性に微笑みかけた。

もちろん、目が笑っていない事は自覚している。

「お客様。先程の行為云々《うんぬん》ではなく、外部の人間が許可なく入校しているという事が問題ですので。申し訳ないですが本部の方で話を伺う事になると思います」

淡々と今後の男性の予定を告げて、丁度担任がやって来て男性の元に近寄るので、周は側の真昼の手を引いて後ろに下がり、そっとため息をついた。

恐らく痴漢未遂の事も報告されるので、普通に強制退去処分になるだろう。先程の男性は何のために事前申請制度になっているのか分かっていなさそうだったので、こればかりは呆れるしかない。

申請の段階でどの生徒がどんな人を呼んだかは記録されているので、ある種身元がはっきりしている人間だけが呼ばれている、という事になる。

羽目を外せば特定されるし、呼んだ生徒の方にも軽くお咎《とが》めがいくので、常識から外れたような行動をする人間はほとんど居ないのだ。

まあナンパはギリギリセーフの分類に入るので、しつこくない限り注意される事はないが。

彼がどうやって入ってきたのか、とは気になるが、本部で聞き取りが入るだろう。

恐らく翌年、早ければ明日からは模擬店の入店前に、身分証明としてバンドの提示を義務付けられるだろう。

男性が何か言っていたが周には関係ないので無視をした。

担任と共にクラスから去ったのを確認して、周は注目していた客に何事もなかったかのように笑顔を見せる。

「お客様、大変お騒がせいたしました。引き続きお茶をお楽しみください」

優雅に一礼すればスタッフも空気を読んで一礼したので、それで騒ぎはおしまいという風な空気が醸し出された。

以前のように雑談が聞こえ始めたのを確かめた周は、無言で側に居る真昼の手をもう一度取って、裏の方に引っ張る。

「え、あ、周くん？」

「どうせもうすぐシフト交代だから先に休憩入っておいてくれ。裏で待っててくれたら俺も一緒に着替えに行くから」

恐らく問題ないだろうと周囲のクラスメイトに視線を滑らせれば、早く行けと言わんばかりに掌をひらひらと振られたので、軽く頭を下げて真昼を裏に連れていき、あった椅子に座らせる。

未《いま》だに衝撃が抜けていないのかどこか呆《ほう》けたような真昼の頭を撫でて、周は流石に交代間際《まぎわ》とはいえ二人も抜ける訳にはいかないだろうともう一度表の方に向かった。

交代時間になったので周が裏に向かうと、真昼はちょこんと椅子に座ったまま静かに待っていた。ちなみに手にはコーヒーの入った紙コップがあるので、おそらく気を利かせたクラスメイトが落ち着くようにと渡したのだろう。

周が戻ってきた事に気付いた真昼が安堵したように眼差しを柔らかくするのを見て、周も同じように眼差しを柔らかいものにした。

「お帰りなさい」

「ただいま。落ち着いたか？」

「……別にみなさんが心配するほどではないのですけど」

「心配するだろ普通」

あの時若干処理落ちしていた気がしたのでこちらに引っ張ってきたのだが、判断は間違っていなかったと思う。

ちょっとだけ不服そうな真昼にもう一度頭を撫でてみせれば、恥じらいに瞳を伏せてごまかすようにコーヒーを飲んだ。

紙コップの中身がなくなった事を確認して、周は裏においてあった私物のパーカーを真昼の膝《ひざ》にかける。

この学校は空調完備で常に適温に保たれているが、秋に入り少しずつ寒くなってきているので、上着は持っている生徒が多い。今回は、真昼に着せようと思っていたから持ってきたのだが。

「ほら、これ上に羽織って。流石にその服のまま歩くと目立つからな」

メイドのまま出歩けば注目を浴びるし、店内以外は写真撮影も一応オーケーにはなっているので、余計な騒ぎを起こさないために用意した。

周と真昼の身長差なら腿《もも》の辺りまで隠してくれるので、エプロンを外せばそう目立つ事はないだろう。元々真昼自体が目立つので、容姿の美しさで人目を引くのは仕方ない。

エプロンを脱ぎ素直に渡されたパーカーを着てきっちり前まで閉じた真昼は、何だか先程よりも機嫌が良さそうな気がする。

一生懸命余った袖《そで》を捲《まく》りつつ、鼻を近づけてすんすんと鳴らしては口許《くちもと》を綻《ほころ》ばせているので、周としてはそれはやめてほしかった。へにゃりとした笑みが、心臓に悪い。

その様子を見ていたらしく、午後のシフトに入っている樹がネクタイを整えながらにやにや笑っているので、思いきり眉を寄せれば更に笑われた。

何だか負けたような気がして余計に不機嫌な顔になるのだが、真昼がぱちくりと瞬いた後また笑うので、仕方なしに彼らからの視線を受け入れる事にする。

といっても受け続けたい訳ではないので、周は裏にある自分用のロッカーから制服の入った手提《てさ》げを取り出した。先にジャケットとウェストコートを脱いでロッカーに入れておけば、廊下を歩いても目立たないだろう。

真昼も着替えに行くと分かっているので、立ち上がって先にエプロンをロッカーにしまって制服を取り出す。

「じゃ、俺らは交代だから。後は頼んだぞ」

「あいよー。存分にいちゃついてこい」

「うるせえ。お前らは店内でいちゃつくなよ」

軽く返されてまた眉が寄ったものの、真昼が手を握ってくるのでこれ以上しかめっ面をする訳にもいかず、周はなんとも言えない歪んだ顔で真昼と共に教室を後にした。

廊下に出れば、やはりというか普段よりかなり活気づいているのが見てとれる。事前申請制とはいえ招待客もかなりきているので、当然と言えば当然なのだが、普段はそこまでうるさくない廊下が賑《にぎ》やかで少しだけ違和感があった。

「すげー人」

「招待客の方が例年より多いみたいですからね」

「まあそれだけ居れば変なやつも受付の目をすり抜けて入ってくるよなあ」

他の学校の文化祭よりお金がかかっているらしいので、規模も大きい。だからこそ入りたがる部外者も割と居るのだろう。

変なやつ、の言葉に少し視線を落とした真昼に、失言だったと周は掌に入れる力を少しだけ強めた。

「……大丈夫か？」

「あ、は、はい。びっくりしましたけど、未遂ですから」

心配した、と気付いたらしい真昼が慌てて首を振るが、本当に平気ならこんな顔はしないだろう。

「ごめん、もっと見てればよかった」

「周くんも忙しいですから。そもそも、私がしっかりしてなかったのが原因ですし……」

「しっかりしてようがしてなかろうが、ああいう輩《やから》はやるぞ。だから俺達が気を付けて抑止するべきだった」

本人が気を付けていようともどうにもならない事があるし、そもそも痴漢はどうしようもないものがある。

真昼は自分の迂闊《うかつ》さを責めているようだが、する人間は何をしてもするので真昼が悪いなんて事はないのだ。

「真昼は悪くないよ。魅力的だったら欲望の餌食にしていいだなんて、そんな戯言《ざれごと》ぬかす方がおかしい。男女問わず、誰もが尊重されるべきだ」

「……うん」

「だから、自分が悪いみたいな言い方するなよ」

優しく囁くと、真昼は少しだけ困ったように眉を下げて、周の腕にぴとりと身を寄せた。

「……周くんにもあんまり触られた事ないのに触られるのは、嫌です」

小さく囁いた真昼は少し声を震わせていたので、元気付けるように掌を握り直す。

歩きながらなので周囲の視線がうるさいが、校内中に天使様との交際は知れているので今更ではある。周自身、見られる事は心地よくはないが慣れてきていた。

「あんまり、というかほぼない気がするけど」

「たまに起こしにきた時に寝ぼけた周くんはぺたぺたしてますよ」

「それその場で注意してくれないか、俺が変態じゃないか」

衝撃の事実発覚に思わず真昼を見れば、心なしか萎《しお》れていた顔に少し生気が戻ったようで、悪戯《いたずら》っぽい笑顔を浮かべている。

「彼女の体を触る事を変態だとは思いませんけど」

「それでもだなあ」

「気にしませんけど」

「俺に甘くしないでくれ。絶対触る」

「触りたいんじゃないですか」

「そりゃ俺も男だから色々と触りたいけど、まだ早いです」

もちろん触れたいという欲はあるが、男の理性なんて脆《もろ》いものだと周は分かっているので、必要以上には触れないようにしている。

真昼が嫌がらない事は百も承知だ。

彼女は、むしろ周に触れられる事を好んでいる。体温を共有する事が心地よいと言っているし、周に触れられると幸せになる、とも言っていた。

ただ、本当に周が触れたいように触れるとエスカレートしそうなので、抑えざるをえないのだ。

ぷいとそっぽを向いた周の心境を知ってか知らずか、真昼、くすくすと笑って腕にしっかりと抱き付いてくる。

「嫌じゃない、って事は、ちゃんと知ってくださいね」

「……よく知ってるよ」

周が好きだからこその許しだという事は分かっていても、改めてそう言われると心臓には悪い。

責任が取れるようになったら触り倒してやろう、とひっそり心に決めつつ、周は側で楽しそうに微笑む真昼の掌を擽《くすぐ》るように撫でた。

第10話　天使様と文化祭巡り

　制服に着替えて衣装をロッカーに仕舞った周《あまね》と真昼《まひる》は、とりあえず文化祭を巡ろうという事で校内を回っていた。

　少し食事時を過ぎてはいるが、まだまだ飲食系の模擬店は活発に営業をしている。生徒達の交代時間もこの頃の場合が多いので、むしろ客は増えつつあるかもしれない。

　周達も不馴れな接客で疲労していたしお腹《なか》も空《す》いていたので、適当に見繕《みつくろ》って食べようと校内を回るのだが……やはりというか、真昼が目立った。

　あのメイドさんだ、という声もちらほら聞こえてくるので、自分のクラスの模擬店は繁盛しているといっていいだろう。かなり人の入りもよかった。

　周からすればあまり心地のよいものではないが、真昼は諦《あきら》めて、というより慣れたようにスルーしているので、周もあまり気にしすぎない事にした。

「真昼は何が食べたい？」

「そうですね、普段食べないようなものがいいですね」

「普段食べないような、って言ってもなあ。……焼きそばとかたこやき？」

焼きそばを作らない訳ではないのだが、真昼が味の濃いものは然程《さほど》好みでないため、焼きそばは作っても塩味、もしくはあんかけになったりする。たこやきはそもそも焼く機械がない。外食もあまりしないので、縁日で売られているようなものにはあまり縁がなかった。

折角の機会なので滅多に食べないソース焼きそばでも食べようか、と焼きそばを売っているクラスに向かって歩くのだが、途中で聞き覚えのある声が階段から聞こえた。

屋上に続く階段の方からで、屋上は基本締め切りになっている筈《はず》だよな、と思いながら少し階段を登って踊り場を見てみると……最近話すようになったクラスメイトが居た。

「あれ、藤宮《ふじみや》くんと椎名《しいな》さん？」

不思議そうな声で名前を呼んできた彩香《あやか》の姿に、周はぱちりと瞬きをする。

校内にはあまり座る場所がないしここに居る事自体は驚かないのだが……彼女の体勢の方に驚いた。

彩香の隣には、焼きそばを口一杯に頬張《ほおば》っている男子生徒が居て、彩香はそんな男子生徒に寄り添いつつ手を顎《あご》の下あたりに添えていた。焼きそばをこぼさまいとしているのが見える。

「……こんな所で何してるんだ」

「え、見たままだよ。ご飯ご飯。ほらそーちゃん、前言ってた藤宮くんだよ」

「んむ」

咀嚼《そしゃく》し切れていないのかくぐもった唸《うな》り声を上げて周を見た男子生徒は、ごくりと焼きそばを飲み込んだ。……のはよかったが急いでいたのか眉《まゆ》を寄せて胸を叩《たた》きだした。

予想していたのか彩香が「しっかり噛《か》まないから」と言いながらお茶のペットボトルを渡している。

三分の一ほど飲んだところで、詰まっているものが胃に流れたのかすっきりな表情を浮かべる男子生徒に彩香はウェットティッシュで口元を拭いている。焼きそばを食べていたのでソースまみれだったからだろう、ウェットティッシュにはしっかりと茶色い染みが出来ていた。

拭《ふ》かれた男子生徒が微妙に不服そうな顔で「子供扱いしないでくれないかな?」と呟《つぶや》くも、彩香はにこにこしたまま更に拭いている。若干迷惑そうにしつつも彼が拒まないのは、それだけの信頼関係があるからだろう。

「えーと、木戸《きど》の彼氏か?」

「お、大正解です。私の幼馴染《おさななじみ》兼彼氏だよ。ほらそーちゃん自己紹介」

「オレの事、子供みたいに促されないとしない人間だと思ってたのか……」

「そーちゃん人見知りだから。ほら、悪い人じゃないから」

「悪い人なら紹介しないだろうねそもそも。……茅野総司《かやのそうじ》です」

ぺこりと頭を下げた総司に、彩香はよく出来ましたと言わんばかりに頭を撫《な》でようとして、払われている。

それも慣れっこなのか気にしてなさそうな彩香のメンタルは強いなとある意味感心しつつ、

つい、総司を眺める。

彩香から聞いていたのは筋肉がすごいという情報だけなので、もっと分かりやすく体格がよいのかと思ったが……周より上背《うわぜい》があるのは分かるが、制服の上からではいまいち実感できない。むしろ一哉《かずや》の方が体格がいいように見えた。

一応不躾《ぶしつけ》にとられないようにひっそりと観察したのだが、彩香は周の視線の先が何なのか分かったらしく茶目っ気たっぷりに笑う。

「そーちゃんは脱いだらすごいタイプだからね」

「ぬ、脱いだらすごい……」

「そうなんだよ椎名さん、うちの彼氏はすごいんだよ。うふふ」

微妙ににやにやした笑みを浮かべた彩香に、あんまり真昼には聞かせない方がいいかもしれない、なんて考えていたのだが、遮《さえぎ》ったのは当の本人の総司だった。

「やめてよそういう自慢は。恥ずかしい。……ねえ、というかオレの居ないところで何言ったんだ。また筋肉自慢したのかな」

「私の彼氏はいい筋肉してるよ、と」

「その自慢やめてほしいんだけど……そんな自慢出来るものじゃ」

「そんな事ないよ！　私にとって世界一だよ！」

「この間テレビでやってたボディービルダー特集でよだれ垂らしてた癖《くせ》に何を……」

「あっ、あれはたまに食べるおつまみというか……そーちゃんのは主食かつ嗜好品《しこうひん》であって必要不可欠なものです！　そーちゃんは特別なの！」

とても大真面目《まじめ》にはっきりと言ってのける彩香だが、周としてはボディービルダーのくだりが気になりすぎてのろけが頭に入ってこない。

（そんなに筋肉好きなのか……よく分からん世界だ）

真昼はどれかと言えば匂《にお》いフェチなので、ある意味彩香と仲良くなれそうな気がしなくもない。彼氏のどこにフェチシズムを感じるとか語り合われるのは複雑なので、出来れば本人達が居ない所でひっそりとやってほしいが。

色々とすごいな、と一歩引いて彩香を観察していたら、何を考えていたのか何となく察したらしく総司が呆《あき》れも隠そうとせずに彩香の頭をぺしっとはたいていて。

「そこまで。向こう引いてるよ」

「そーちゃんが変な事言うからぁ」

「……なんかすんません、うちの彩香が」

「私が悪いの⁉」

不本意だ、という眼差《まなざ》しを彼に向けてこそいるが、ただのじゃれあいの延長なのだろう。

咎《とが》めるように唇を尖《とが》らせつつ「このこのぅ」とさりげなく筋肉を撫でている彩香に、周は笑うしかない。

総司も悪い気はしていない、というよりはいつもの事なのか好きにさせてやりつつぺこりとこちらに頭を下げてきたので、周も思わず頭をぺこぺことさせてしまった。

真昼はというと、何やら考え事をしていたのか押し黙っていたが、何故《なぜ》か急にくっついてぺたぺたと周のお腹を触りだした。

「……周くんだって脱いだらすごいです」

「張り合わなくていいしそんなにはない。どちらかといえばつきにくいし」

「私には充分です」

頬《ほお》を染めながら周に触れてくるので、何でこうなったのかと苦笑いが自然と浮かぶ。

「そういえば藤宮くんたちはご飯食べたの？」

真昼を宥《なだ》めていると、ふと彩香が思い出したように呟く。

同じシフトなので交代の時間は同じだったのだが、彩香は彼氏が待ってるからとサクサク交代していったのである。シフトが同じクラスメイトも、こう早くは食事にありついていないだろう。

「いいやこれから。焼きそばでも買いに行こうかなって」

「あ、焼きそば？　これおいしーよ、そーちゃんのクラスが作ってるの」

ほとんどそーちゃんが食べたけどね、と笑っている彩香に「いっぱいお食べと半ば強制的に食わせたのは彩香だけどね」と総司は小さく突っ込んでいる。

「そっかそっか、二人は焼きそばをご所望《しょもう》なんだね。それならこれあげるね」

笑いながら真昼に手渡したのは、何やら焼きそば百円割引券と書かれたチケットだった。

「身内用の優待券だよー。そーちゃんも他に仲いい人にはあげていいよって言ってたし。……いいよね？」

「彩香が渡したいなら渡せばいいと思うけど。売れる事には変わりないし」

「やたっ」

にこにこ笑って二枚分きっちり手渡してきた彩香にありがたいやら申し訳ないやらで顔を見ると、また彩香の頬がへらりと緩む。

「あ、気にしなくていいよ？　私達は流石に焼きそばばっかりは飽きちゃうからもう使わないし。それに私、どちらかと言えば今フランクフルトの気分だからね」

今は炭水化物よりたんぱく質がいい、と笑っている彩香に脂質も多そうだと思ったが敢《あ》えて突っ込まず、素直に「恩に着る」と言ってありがたく使わせてもらう事にした。

「ありがとうございます木戸さん。お礼はいつかさせていただきます」

「なんのなんの。見返りとか目的じゃな……あっじゃあ椎名さん椎名さん」

「は、はい」

「藤宮くんの筋肉具合はいかほどで」

神妙な顔で何を言っているんだ、とつい呆れが浮かんでしまったのだが、聞かれた真昼はというとぱちりと瞬きを繰り返した後何故か慌てだした。

「だっ、駄目です、周くんは私のですっ」

「あら可愛《かわい》い。いやいや私もそーちゃんのが一番だからね？　単純に気になっただけ」

「余所見《よそみ》するのか」

「そ、そんな事ないから！　信じてそーちゃん」

つられて彩香まであわあわと手を振るのだが、総司が冗談半分だった事が分かったらしく分かりやすく頬を膨らませていた。

そーちゃんのばか、と彩香はほんのり甘い響きの声で呟いた後、未《いま》だにちょっぴり警戒している真昼ににこやかな笑みを向ける。

「違うからねー。よさそうな素材があるなら……こう、育てる手伝いとかしたいし……もったいないじゃん？　藤宮くんは上背あるし、スラッとしてるから、もっと筋肉つくと映えるなあと」

「……これ以上カッコよくなったら、困ります」

「あー。今日の藤宮くん堂に入ってたもんねえ。人気急上昇かもね」

うんうん、と訳知り顔で頷《うなず》いた彩香に真昼はむぅと唇を尖らせている。

真昼が大分彩香と打ち解けている事を喜べばいいのか、あんまりなさそうなやきもちをやきはじめている事に突っ込めばいいのか。

真昼が心配するほどモテたりはしないだろう。そもそも格好を整えた程度で寄ってくるなら今までに寄ってくる機会はあったのだ。もちろん懐《ふところ》に入れる事なんてあり得はしないが。

周より顔の造形がいい人間なんてそこらに居るし、真昼が思うほど自分は出来た人間ではない。

それでも心配そうな真昼には、周はそっと苦笑しつつ頭をわしゃりと撫でた。

「別に真昼にしか興味ないし、仮に好意を抱かれていたとしても、円満に付き合っているカップルに無理矢理割り込もうとしてくる時点でそいつに好意なんて抱かないから安心してくれ」

「そうだとしても、面白《おもしろ》くはないです」

「そりゃ俺《おれ》も同じような気持ちだからなあ。まあ、真昼がそんなに心配しなくても大丈夫だって」

「……分かってない気がします……」

安心させようとしたのに何故か再び不服そうに眉を寄せた真昼に困惑すれば、彩香が「大変だねえ椎名さんも」とからかうように笑った。

彩香と総司からありがたく割引券をもらって二人と分かれた周と真昼は、早速焼きそばを購入して裏庭の方で食べる事にした。

設けられた休憩所には空きがないし備品が置いてある控え室に長居する訳にもいかないので、

消去法で空いていそうな裏庭の方に来たのだ。

裏庭の奥までは部外者が入れないようになっているので、学生は少し居るが座る場所はある、といった感じである。

真昼が座る場所にはタオルを敷いておきつつ木陰にあるベンチに腰かけ、それから盛大に背もたれにもたれた。

「なんつーか、賑《にぎ》やかすぎて落ち着かないんだよなあ」

「ふふ、周くんは静かな環境の方が好きですもんね」

「あと真昼がじろじろ見られるのが嫌だ。減る」

「減るものでもないですけど……」

「俺の精神がすり減る」

どうしようもないので我慢はしているが、面白くはない。制服を着ているからメイド時よりは視線も落ち着いているが、やはり美人はよく目立つ。

まあ真昼が諦めているし慣れているそうなのであまりとやかく言えず、こうして小さく愚痴をこぼす程度だ。

真昼もそれが分かっているのか困ったように苦笑してよしよしと頭を撫でてくるので、周はそれを受け入れつつそっとため息をつく。

「明日は更に人来るんだろうなあ、評判もそうだし、俺達は午後からだからな」

「まあ明日耐えればおしまいですから。……そういえば志保子《しほこ》さん達は?」

周達の給仕服姿を見に来ると意気込んでいた志保子達の姿が見えない事を不思議に思ったらしい真昼に、周は頬をかいて肩を竦《すく》める。

「明日くるだとよ。んで休み入れてるからホテル取って二日くらい滞在するんだと」

「本当ですか!」

「何でそんな嬉《うれ》しそうなんだ」

「今度修斗《しゅうと》さんに母の味を教えてもらうという約束をしていましたので、その機会が早くやって来たなって」

「男なのに母の味とは……いやまあどちらかといえば父さんの味の方が馴染みあるからなあ」

志保子と修斗は夕飯を決められた日時で分担して作っているので、どちらの味も周には馴染み深い。ただ、志保子の料理はTHE・男所帯の料理、といった味付けと量と料理チョイスなので、お袋の味には違いないが、あまりお袋の味といった風を感じないのだ。

修斗の方が料理上手であり繊細でありながらほっとする味なので、我が家の味というなら修斗のものだろう。

ただ、真昼自身ならう必要のないくらいに料理上手なのだが……藤宮家の味付けを覚える、という点が重要らしく、何やら意気込んでいた。

「別に真昼の味で満足してるぞ?」

「それはそれ、これはこれ、です。食べたくなった時に作ってあげたいので」

「左様で。……俺としては、真昼の味がうちの味だから、無理に覚えなくてもいいけど」

「……油断したらそういう事を言うっ」

いずれは、というより既に胃袋を摑《つか》まれて毎日美味《おい》しいご飯を食べさせてもらっているので、真昼の味が我が家の味なのは疑う事はない。藤宮家とはまた違った、二人の味という事だ。

真昼は周の言葉に季節外れの桜色を頰に咲かせ、持ってきていた使い切りのおしぼりを頰にべしべし当ててくる事で地味に周にも同じ色を付けようとしていた。

膝《ひざ》に載せているやきそばが落ちそうなのでやきそばを移動させつつ、宥めるようにわしゃわしゃと頭を撫でた。

午前中にしていた三つ編みのせいでややゆるやかなウェーブを描く髪に更に空気を含ませてみれば、真昼の頰まで膨らみかけている。

「……周くんって、やっぱり撫でたら誤魔化《ごまか》せるって思ってませんか」

「思ってはないけど、喜ぶと思ってる」

「そういうところも駄目です」

ツン、と冷ややかを装いながらも頰の赤らみで台無しな真昼にひっそりと笑って、今度は髪を整えるように撫でた。

昼食を終えて校内巡りを再開した周と真昼だったが、行く先々から声やら視線やらを浴びせられて真昼は少しお疲れのようだった。

人から注目を浴びていたのははぐれないように手を繋《つな》いでいたせいもあるのだが、手を離す事だけはしたくないらしい。控えめに、けれどしっかりと周の指に絡《から》められた真昼の指は、離すまいと主張している。

偶々《たまたま》出会った一年時のクラスメイトに囃《はや》されて真昼を見てみれば、淑《しと》やかな笑みをたたえつつもそっと身を寄せてきたので離れるつもりはないだろう。むしろ主張しているようにすら思える。

（……別にいいけど、付き合ってるのは全学年知ってると思うんだけどな）

真昼が周と交際を始めた事は、恐らくこの学校の生徒なら大体知っているだろう。体育祭で堂々と大切な人と発言して、週明けには交際し始めたと宣言したのだ。

真昼が同級生のみならず先輩後輩にも有名だったからこその広がりようであるが、当時男子達の落胆がひどかった。真昼の居ない所で見知らぬ先輩に詰め寄られた事もある。

まあ、その後クラスメイトの通報によって駆け付けた真昼が笑顔でとどめをさしていたのだが。

そんな事を乗り越えてお付き合いしてきたので、流石に今更割り込める隙があるなんて能天気な事を考える男子なんて居ないだろう。主張せずとも一緒に歩いているだけで充分なのだ。

ただ、真昼は何か思惑があるようで、周の側から離れない。前のクラスメイトと別れても控えめに寄り添っている。

「何かあったか？」

「今周くんはばっちり決まってます」

「何がだよ」

「髪型とか、雰囲気が」

「まあ、髪型は出し物のセットのまま来てるからな」

「だからです」

「よく分からないんだが……」

別に髪型を変えてモテるなら真昼と付き合いだした頃にモテていると思うので、くっついて主張するほどのものでもないだろう。個人的にはくっついてくれるのは嬉しい反面、密着したが故《ゆえ》の感触を味わっているのでもう少し体を離してほしいとも思ってしまう。

真昼本人がしたいようなので好きにさせてはいるが、微妙に居心地が悪いのは仕方のない事だ。

真昼のお陰で注目されるのにも慣れたなあ、なんて若干現実と周囲の視線から目を逸《そ》らしつつ、校内をゆっくりと歩いていく。

配布されたパンフレットを見てどのクラスがなんの催し物をしているか確認しているのだが、

真昼が地味に先導して、というよりは誘導して歩く先にはお化け屋敷がある。

（……真昼、ホラー系はあんまり得意ではなかった気がするんだけどな）

偶々ホラー番組を見た時に青ざめた顔で手を握られた事があるが、あの時は強がっていた。

言葉と表情は裏腹なものだったので、恐らく非常に苦手なのだろう。

ただ、学生が予算内でするお化け屋敷は、流石にしっかりと作り込まれたテレビのものと比べたら到底及ばないと思うので、問題ないと判断したのかもしれない。

「そんなにお化け屋敷行きたいのか？」

「えっ」

ぴたりと止まって恐る恐る周を見上げる真昼の表情は、全く考えていなかったといわんばかりのものだ。恐らく、適当に見歩くつもりだったので、そこまで考えずに歩いていたのだろう。油が切れた機械のようなぎこちない表情を浮かべた真昼は、視線を泳がせている。確実に彼女はお化け屋敷に行くなんて発想はない。

「そ、そういうつもりでは、なかったのですけど」

「てっきり行きたいものだとばかり。まあ、真昼ってホラー系苦手だから有り得ないよな」

「……そんな事はないです」

「こっちの目を見て言えよ。滅茶苦茶目を逸らしてるだろ」

あまり自分の弱点は知られたくないらしい真昼が誤魔化そうとしているが、表情や態度がそ

れを台無しにしている。見るからにうろたえているのに信じてあげられるほど周は素直ではない。

(別に怖いものが苦手、というのは恥ではないと思うんだけどな)

むしろ可愛らしいと思うのだが、本人的には嫌らしい。

微笑ましいと内心で思っていたのがバレたらしく、真昼は少し不満げな眼差しで周を見上げてくる。先程の衝撃が抜けないのかほんのりと瞳《ひとみ》が湿っているので、なんら迫力はないが。

「別に平気です。お化け屋敷も行きます」

「平気なんだな。じゃあ今度一緒にホラー系の映画見ような」

「……の、望むところです」

「滅茶苦茶声震えてるじゃねえか」

一応冗談として言ったのだが、真昼は見栄を張って承諾するものだから、逆に周が困る事になっていた。

「いいのか、強がって。一人で寝られなくなっても知らないぞ」

「強がっていませんし、もしもの時は……周くんに責任取ってもらいますので」

「お化けより生身の方が怖いぞ」

「周くんが怖いとは思いませんので。そもそも、何度も一緒に寝てます、もん」

きゅ、と腕に身を寄せて上目遣《うわめづか》いしてくる真昼に、とりあえず優しく真昼の口を指の腹で塞《ふさ》いでおきながら、そっとため息をつく。

確かに、付き合う前からうたた寝をして真昼が泊まる事はあったし、夏休みには実家で共に寝た。ある意味ではお泊まりを何回もしているだろう。

ただ、非常に誤解を招きそうな発言である。周囲の生徒達が微《かす》かにざわめいている。まだそういう関係ではない身としては、誤解されるのは複雑だった。

「……お誘いみたいに聞こえるぞ」

「変な勘違いはやめてください。そもそも周くんが誘ってるんです」

「俺は他意がなかった。ただ真昼がびくびくする様を見たかった」

「それも他意と言います」

ぺしぺしと脇腹《わきばら》を小突かれるので、つついてくる手を握り直して阻止しておく。

手を握られるのは嬉しいのか、少し不満げだった顔も柔らかく緩むので、周は微笑み返して真昼の手を引く。

もちろん、お化け屋敷の方向に。

「……あの？」

「折角ここまできたなら入ろうかなって。最初にお化け屋敷も行くって言ったのは真昼だからなあ」

「た、確かに言いましたけどっ。い、いじわる……」

もぞもぞと身じろぎをしてほんのり潤んだ瞳で見つめてくる真昼に、周は小さく笑って容赦なくお化け屋敷に向かって手を引いた。

その後お化け屋敷の中ではずっとしがみつかれたという事は、彼女の名誉のために千歳《ちとせ》達には言わない事にしておいた。


お化け屋敷を出た後、驚きと怯《おび》えで若干疲れたような真昼の背中を支えつつ休憩所を目指していた周だったが、ふと見覚えのある後ろ姿を見つけて思わず「あ」と声を唇から落とした。

「……あれ、樹《いつき》の……?」

あまり見慣れた人間ではないので恐る恐るといった口調で背中に声をかけると、ピンと伸びた背筋のまま振り返ってくる。

端整な顔立ちではあるものの、表情に柔らかさや緩さなどはない、巌《いわお》のような表情をした、志保子や修斗と変わらない年頃の男性だ。

記憶にある顔と変わらない姿に間違っていなかったとほっと安堵《あんど》しつつ、改めてこちらも背筋を伸ばす。隣の真昼が不思議そうにこちらを見上げてくるので、彼に聞こえないように小さく「樹の父さんだよ」と囁《ささや》いておいた。

「お久し振りです。少し髪型を変えたので分かりにくいかもしれませんが、藤宮です」

樹の父親である男性、大輝《だいき》は周の顔をよく見て、人を寄せ付けないと言われる顔を少し和らげた。

「藤宮君か。見違えたな」

「あはは。まあ、前は見るからに根暗でしたからねえ」

「そういうつもりで言った訳ではないのだが……自信がついたような顔つきになって何よりだ、という意味だぞ。卑下しなくてもいい」

樹には小言が多いと愚痴られる大輝ではあるが、周の事は割と気に入ってくれているらしく、周の変化も好意的に受け止めているようだった。

息子の事になると周からしても頭が固いと言わざるを得ないのだが、それ以外では穏やかで常識的なので、周としても彼と話す事は苦ではないし、どちらかといえば好ましく思っている。

感心したような口ぶりや眼差しに少しの面映《おもは》ゆさを覚えていると、大輝の視線が真昼に移る。

「そちらのお嬢さんは？」

「あー、ええと。俺が交際している女性です」

他人行儀な紹介の仕方になってしまったのは、大輝との距離感が掴み切れていないからだろう。友人の親と接するのはなかなかに難しいので、これればかりは仕方なかった。

真昼が気恥ずかしさと気まずさに微妙に体を強張《こわば》らせたのが伝わってきたが、真昼自身は天使の笑みを口許《くちもと》にたたえて、軽く頭を下げる。

真昼にとっては見知らぬ男性なので他人向けの対応ではあるが、大輝の性格的には恐らくこれで正解だろう。

「初めまして、椎名真昼と申します。彼にご紹介いただいた通り、周くんとお付き合いをしております」

「これはご丁寧にどうも。私は樹の父で赤澤大輝《あかざわだいき》と申します」

大輝は大輝で礼儀正しく腰を折った後、ちらりと周を見る。微妙に隅に置けないな、といった意味合いが込められている気がしたが、あえて気付かない振りをしてにこやかな笑みを返す。

「そうか……いや、何というか、藤宮君が女性とお付き合いしていたとは。何も聞いていなかったから驚きだよ」

「樹からは何も？」

「基本的に話しかけてこないからな。言う必要もないと思ってるのではないかな？」

「まあ、友人の交際事情をわざわざ喋《しゃべ》る事もないとは思いますから」

相変わらず樹は父親とぎくしゃくしているのだな、と嘆息しそうになったものの、それは表に出さないでおいた。

「藤宮君と交際している……という事は、愚息も世話になっていそうだな。いつもすまないな」

「いえ。こちらこそ赤澤さんにはお世話になっておりますので」

「そんな事を言って、迷惑をかけているのでは？」

「とんでもない。優しくて気遣いもしていただいてますし、いつも助かっていますから。今後とも是非赤澤さんとも仲良くしたいと思っております」

時折お節介がある、とは突っ込まずに真昼の称賛を聞いていたら、大輝はほぅと感嘆の息をつく。

「……藤宮君は、素敵な女性を見つけたようで何よりだよ」

「そりゃあうちの真昼はいい女ですので」

「そ、そういう冗談を今言わないでくださいっ」

まさか友人の父親の前でこうした称賛を口にするとは思っていなかったのだろう、白磁の頬が分かりやすく色付いている。

恥じらいに瞳を伏せて、大輝に気付かれないようさりげなく背中に掌によるダイレクトアタックを仕掛けてくる真昼に、周はひっそりと笑う。ぺしぺしといった程度の威力なので痛くも痒《かゆ》くもない。むしろ微笑ましくて口角が上がる。

「仲睦《なかむつ》まじいようで何よりだが、そういったものを見せられるとあてられてしまいそうだな。喜ばしい事ではあるのだが」

「すみません、気を付けます。ところで、今日は俺達のクラスに寄ったのですか？」

「いや、そのつもりではあったのだが……なんというか、雰囲気が、入りにくいというか」

「ああ……」

大輝はあまりこういう催し物に興味がない人間だ。漫画やゲームなどにも興味を示さないタイプの人間なので、周達のクラスにはさぞ入りにくいだろう。

「流石に私一人で入ると生徒達を困らせるだろう。何せ、このような見た目だ」

「大輝さんの場合見た目じゃなくて表情だと思いますよ。よければ俺達と一緒に入りますか？　自クラスですけど、客として入りたかったですし」

「いや、君達の邪魔をするのは忍びない。折角恋人同士での自由時間なのだから。それに……今、教室には彼女も居るのだろう」

「……そうですね」

「私を見て萎縮させたり気まずい想《おも》いをさせるのも嫌なのでな。顔を合わせれば、恐らく私は強く当たってしまうからな」

困ったように微笑む大輝に周も眉を下げるが、それ以上の追及はしない。

千歳と大輝の事については周もあまりいい思いは抱いていないが、大輝に悪意がある訳でもないというのも知っている。彼は彼なりに思う事があって千歳を拒んでいるのだ、とも。

分かっていても、出来ればしこりを解消してほしいと思ってしまうのが、友人としての気持ちなのだが。

「邪魔してすまなかったね。私は他を回るよ」

「でも……」

「空気を悪くしたくはないからな。君達は楽しんでおいで」

そう言って周達が引き留める間もなく立ち去る大輝に、周はそっとため息をついた。

「……千歳さんと、未だに？」

「ああ。……こういうのはあれだが、大輝さんは悪い人ではないよ。反りが合わない人間は居る。樹や千歳と、大輝さんの性格的に元々相性がいいとは思わないからな」

大輝は基本的に生真面目《きまじめ》かつ頑固な性質であるのが僅かな交流しか持たない周でも分かる。

対して、樹や千歳は不真面目とは言わないが一般的な正しさだけに従う訳ではない、型に囚《とら》われない柔軟性のある人間だ。

誰《だれ》かに強制的に押し込まれる型には絶対に収まりたくない二人が素直に大輝の言う事を聞くとは思わないので、当然合わない。

けれど大輝が悪いかと問われれば否《いな》であり、大輝の要求は多少お堅いものはあれど一般常識内に収まっている。

「そもそも大輝さんの要求が少し高いってのはあるから。悪意を持って千歳に辛《つら》く当たってる訳じゃない。……だからこそ、どうしようもないから困ってるんだけど」

簡単に千歳を認められるなら、既に認めているだろう。

交際相手を親が口出しするのは褒められた事ではないと思うが、親心としてはよりよい相手を見つけてほしいのだろう、というのも分かる。

樹はあまり口にしないし周も普段は意識しないが、赤澤家は世間的によい家格という事もあり、尚更口出しするのだろう。

「何とかして認めてもらえたらいいんだろうけどさ。ままならないもんだよな」

「そう、ですね。……お二人は本当にお似合いだと思っていますし、深く結び付いています。それを分かとうとするのは、私としては嫌というか……やめてほしいです」

「そうだな。……大輝さんもそれを感じているから、今なるべく不干渉なんだと思うぞ。どちらかが折れて折り合いがつくまでは、ぎこちないままだろうな」

再度ため息をつけば、真昼も困ったように眉を下げて、周の二の腕に頭を預け「何か出来たらいいんですけどね」と小さく呟いた。


大輝と別れた後、一応差し入れを買って休憩がてら自クラスの方に足を向けると、他のクラスと比べても随分と受付に列が出来ていた。

自分達がシフトに入っている間もたまに外を見たりしていたが、やはり朝より盛況なのが窺《うかが》える。評判が評判を呼ぶ、といった形なのだろう。

自クラスいえど客は客、素直に真昼と並んで受付に辿《たど》り着くと、クラスメイトが忙しそうに名簿に目を通していた。

「あれ藤宮とてん……椎名さん。まさか助っ人に」

「残念ながら違うな。客目線になっておこうかと思って。あと、樹と千歳の様子見」

「あーあいつらは元気にやってるよ。うん、まあ」

「なんだその歯切れの悪い言い方」

「どうしても樹がチャラくなってなあ」

「あいつのアイデンティティーみたいなもんだからな」

「ひでぇ」

樹が明るくひょうきんなのはいつもの事だし、それが全くなくなる事なんて恐らく余程の事がない限りは訪れない。こういった催し物なら、真面目にしつつも自分らしさを出していくのが樹なのだ。軽さは抜けないだろう。

樹の軽薄さがいい、という生徒も居たし、あれはあれで人気の執事だろう。まあ、学生の催し物なのでそこまで厳密に執事らしくしなくてもそれっぽければいい、という事でもある。

「んじゃ二人で受け付けていいんだよな？　多分もう少し待つ事になるけど」

「混んでるから仕方ないし覚悟の上だよ。……真昼は大丈夫か？　疲れてない？」

「平気ですよ。つ、疲れたのは、その、先程の出し物で精神的にですし……」

「強がって入ったからだろ」

「……強がっていません」

目を逸《そ》らした真昼に、そういう風に見栄を張るからいじわるしたくなるんだよなあ、と思ってしまったものの、あまりいじわるしすぎると拗《す》ねてしまうためこれ以上の言及は避けておく。

代わりに小さく「ホラー映画、約束したからな」と囁くとほんのりと揺らめきを見せる瞳で睨《にら》まれたが、今度は周が知らんぷりをしておいた。

隣で見ていた受付の男子にまで「他のところでやってくれ」と睨まれ、ばつが悪くて彼からも目を逸らしておいた。

そうこうしている間に順番がやってきて、係員に促されて自クラスに入ったのだが……出迎えが見慣れた二人だったので、周はわざとらしく眉を寄せた。

確実に受付が伝えたから樹と千歳が案内役になっている。

練習の時よりもかしこまった態度で微笑みをたたえている樹と千歳は、周のうっすら嫌そうな顔に頬をひくひくと小刻みに震わせている。

悪戯《いたずら》が成功したような眼差しを向けられて、周まで頬と口許が震えそうになっていた。もちろん、ひきつりそうな意味で。

「お帰りなさいませ。旦那《だんな》様、奥様」

「おいこら樹、マニュアルにない出迎え方すんな」

基本的にメイド執事喫茶風だろうがお客様で相手の呼び方は統一するようになっているが、わざと間違えて如何《いか》にもな呼び方をしてくる二人に我慢しきれなかった頰がひきつっている。

真昼は恥ずかしそうに瞳を伏せていた。恐らく奥様、という呼び方に照れたらしい。

menu

「いやいやとんでもない。これは極秘にしていたマニュアルの君ら二人専用ページに載ってたから」

「捏造《ねつぞう》するんじゃない」

「まあまあ。席までご案内いたします」

特別扱いを客の前でするのは良くない、と視線で咎めても樹はどこ吹く風だった。

何を言っても無駄そうだったので渋々彼らに促されて席に着く。

樹に引いてもらった席にすんなりと腰かけた真昼の所作が堂に入っていた事につい気を取られていると、千歳はにこにこしながら「休憩楽しかった？」とマニュアルに従って周も完全に記憶して不要な筈のメニューを差し出していた。

「ん、まあ楽しかったよ。まだ回り切ってないからこの後も回るつもり」

「よかったよかった。まひるんが早く休憩来ないかなって楽しみにしてたからねえ」

「そんなに？」

「そりゃねえ。色んな所を見て回りたいって言ってたもん」

ちらりと真昼を見れば、ほんのりと赤らんだ頬で「Aセット一つ」と注文して話題を逸らしたがっている。

家ではあまり文化祭についてはしゃいだ様子は見せていなかったのだが、彼女なりに周と過ごす事を楽しみにしてくれていたらしい。

いじらしい真昼に小さく笑って、後で詳しく真昼に聞いてみようと誓いながら同じものを頼んでおく。考えていた事がばれたのかちょっぴり睨まれはしたものの、嫌という訳ではなさそうなので一安心した。

注文を聞いた千歳がにまにまとした笑みを隠そうともせず裏に注文を伝えに行ったところで、思い出したように膝に置いてあったドーナツの入った袋を樹に差し出す。

ドーナツは一口サイズで丸く揚げているものなので、手が空いた時につまんで食べられる。確か裏に爪楊枝が備品としてあった筈だし、これなら手も汚さず他のスタッフも食べやすいだろう。

「ああそうだ。これ他のクラスの出し物であったから差し入れ。裏方のやつらも休憩した時に食べてもらって」

「おっ、あざっす、あざーっす！」

「別に勝手にしてる事だから気にしなくていいけど、感謝するなら執事らしく感謝しろよ……」

「旦那様のご厚情賜《たまわ》りまして……」

「やっぱいいわ。あとそのネタもういいから」

昼食ったけどお腹空いてたんだよなあ、とほくほくしたご機嫌な顔の樹に笑い、そしてこれから少しその気分を害してしまいそうな事を言うのが申し訳なくなった。

「なあ樹」

「ん？」

「大輝さんに会ったんだけどさ」

その言葉に少し体を強張らせたのが分かった。

なるべく千歳が居ないタイミングで報告しておきたかったので今言ったのだが、接客のモチベーションを下げてしまいそうでもあるから正直言いたくはなかった。

樹のいつもの囚われない軽《かろ》やかな笑みは静まり、代わりに苦虫を噛み潰《つぶ》したような顔を一瞬浮かべ、そしてそれを隠そうと無理に笑みを形作る。

「ああ、別に千歳がどうとかは言ってなかったぞ。ここに入りにくいからってどっか行ったって報告だけ」

「あー……まあ、親父はこういうところ苦手だからなあ。来てもらっても、まあ、ちぃが困った顔するから、来なくてもよかったのかもしれないけどさ」

肩を竦めてみせた樹は「一応義理でチケット渡したとはいえ、来るとは思ってなかったんだけどなあ」と呟く。

「また帰ったら聞いてみるわ。どうせ、今日は会いに来ないだろうし」

何を考えているのか読ませない笑顔で、差し入れの袋を片手に裏に戻っていく樹に、周はそっとため息をつく。

（……なんとか上手《うま》くいけばいいんだけどなあ）

そう簡単にいかないとしても、ゆっくりでもいいからしこりをとかしてやれたらいいのに、と願うしかなかった。

樹と入れ替わりで頼んだメニューを運んできた千歳は、大輝の事で少し気分が沈んだ周と真昼の表情を見て不思議そうに首を傾《かし》げた。

「あれ、何かあったの二人。喧嘩《けんか》した？」

「俺達がすると思うのか」

「普通喧嘩はどのカップルでもすると思うけど……二人の場合相手の話を聞くから、周のその断言がないとも言い切れないのがすごい」

呆れやらの感心やらを混ぜた声でしみじみ呟かれたが、周としては別にそうおかしな事ではないと思っている。

基本的に、真昼は温厚で寛容なので、怒るという事そのものがあまりない。しかも、自分の事で怒る事は滅多にない。他人のために怒る事はあっても、真昼が腹を立てる事が性格的に少ないのだ。

その真昼と喧嘩するという事は真昼を怒らせてしまった周がほぼ悪いという事だし、そうなると喧嘩というよりは話し合いに発展する。どこが駄目だったのか、何が気に障ったのか、理由と解決策を二人で話し合う。

それすら出来ないほど怒らせる事なんてないし、あった場合確実に平謝りする。

だから、喧嘩にはほぼならないのだ。

真昼も喧嘩と聞いて実感が全くなさそうにカラメル色の瞳をぱちくりと瞬かせているので、やっぱりなと小さく笑う。

彼女が周に対して憤る事はなかった。

卑屈だった時に怒られたが、あれは本気の怒りというより窘めるようなものだったし、何より周のためを思って怒っていたのだ。

「まあ、という訳で喧嘩じゃないよ。色々と悩ましい事があってどうしたもんかと悩んでるだけ」

「ふーん？　まあ二人が喧嘩してないならそれでいいんだけども。それより周のご両親はきてないの？」

ご両親、という単語に一瞬身を強張らせてしまったが、千歳は周の様子に気付いた様子はなくずずいとこちらに迫ってくる。

大輝の存在は今のところ頭の奥に仕舞われているようなので少し安堵した。

「やー、まひるん曰《いわ》く私とは気が合いそうなお母さんと聞いて気になってるんだよねえ。是非ともご挨拶《あいさつ》を」

「気が合いそうどころじゃなく意気投合して、結果として真昼が被害に遭うのが目に見えてるんだよなあ」

気が合いそうどころか、割と思考回路が似ている。千歳と知り合った頃は志保子とテンションが似ていてげんなりした事が懐かしく思えた。

可愛いもの好きなところ、スキンシップが激しいところ、そして真昼を非常に好きなところもそっくりなので、恐らく真昼が二人に可愛がられ遊ばれるだろう。

その光景が容易に想像出来たらしい真昼がひくりと口角を震わせたが、見なかった事にしておく。

（まあ着せ替え人形にされるかスキンシップされるかのどちらかだから頑張ってくれ）

危害を加える事はないので、そこのところは安心しておいていいだろう。真昼から助けてという視線があったが、周では退けてはやれない運命なので逞《たくま》しく乗り切ってほしいところである。

「まあ、ほどほどにしてくれよ。あと、そろそろ戻らないでいいのか」

「うえ、ほんとだまこちんに睨まれてるー」

同じシフトの誠が物言いたげに千歳を見ているので、流石に話し込む訳にもいかないだろう。ぺろりと舌を出してごめんねアピールをした千歳に誠が冷ややかな眼差しを向けているので、早く仕事に戻れと千歳を促しておいた。

名残惜しそうに仕事に戻っていった千歳の背中を眺めて、そっと息を吐く。

「俺は応援するしか出来ないけど頑張れ真昼」

「他人事ですね」

「いや、俺にはあのパッション溢《あふ》れる二人を止めるなんて出来ないし。頑張れ。どうしても嫌ならきっちり拒めよ」

「い、嫌というか……その。……絶対着せ替え人形にされるじゃないですか」

「多分そうだな」

ただでさえ志保子は真昼を可愛がったり着飾ったりするのが好きなのに、千歳と出会ってしまえば更にノリノリで構おうとするだろう。真昼を最早娘だと認識している志保子の事だ、ブティックに連れていってあれこれ着せ替えた後に何着も買い与えそうである。千歳も乗り気で付き合う事が予想出来た。

まあそれについては娘を欲しがっていたからこそ、そして真昼自身を気に入っているからこそなので、周としてはあまり強く止められないのだ。

「まあ、真昼がおめかししてくれるなら俺としては止める必要もないかなと」

「そういう言い方されると拒めないのを御存知でしょうに」

「別に、二人を断って俺の好きに着せ替えさせてくれるならそれでもいいぞ？」

別に着せたいものがある訳ではないが、自分が思う真昼に似合う服を着てもらうというのも、また乙《おつ》なものだろう。

「……それは、二人を抜きにしても、してほしいです。周くん好みになれるなら、是非」

小さく呟いて恥じらいに瞳を伏せた真昼に、好みが真昼だから何を着ても好きだ、とはこの場で言えず、コーヒーを口に含みながらただ彼女のいじらしさに上機嫌な笑みを浮かべる周だった。

照れた真昼の頬が落ち着くのを待ちながらコーヒーを飲む周だが、周囲を見て評判というのはよく客を呼ぶのだなと痛感した。

一応席は多めに作ったつもりではあったが、席が空くのを未だに見ていない。周達がシフトに入っている時もそうだったが、客足が途絶えず常に満員状態だ。

恐らく贔屓目抜きに一番の目的にされそうだった真昼や優太《ゆうた》がシフトから上がっても尚客が押し掛けてくるのは、やはりというか服装のお陰だろう。

普段は制服に身を包んでいるうら若き男女がこうして給仕服に身を包んでいるのは、どうやら胸に来るものがあるらしい。

周としては、非常に見慣れないな、という感想くらいなのだが。

たとえば千歳なんてこうして相手に奉仕するような服装を着た姿なんて想像出来なかった。にこやかな笑顔を振り撒《ま》きながら客の相手をしている千歳をちらりと見てみるが、服装から想像されるような甲斐甲斐しさは見受けられない。ただ、活発で人好きするような雰囲気は、丈の短いメイド服に合っていてこれはこれでありなのだと思う。

「……千歳さんがどうかしましたか？」

元気有り余ってるな、と眺めていたら、どうやら羞恥を内側に収める事が出来たらしい真昼が不思議そうに声をかけてくる。

「ん、いや……一緒に働いてる時はあまり実感なかったけど、クラスメイトがこういう衣装着てるの違和感あるな、と。見慣れた筈なんだけどな」

「ふふ、こういう服なんて滅多に着るものじゃないですからね」

「物珍しさも客が入る要因なんだろな。それに、可愛い格好いいってお客さんも言ってるし。まあ実際みんな似合ってるからな」

客席は生徒と招待客が入り混じっているが、大半が店員目当てなのか誰が可愛いだの格好いいだの品定めしている声が聞こえる。

気持ちは分からなくないのだが、聞こえているので店員は苦笑いをしていたりする。

視線を店員達の奮闘の様子に滑らせてから真昼を見ると、彼女はなんだか眉にほんのりと力が入ったような表情を浮かべていた。

「どうかしたか？」

「いえ。……周くんも、皆さん……というか、その、彼女達を可愛いと思いますか？」

「普通に思うけど」

真昼が言いたい事は何となく察してきたので、口許を曲げた指の関節で軽く隠すように笑う。

「客観的な評価として容姿や言動での可愛いは俺にも感じるよ。でも、好きで愛《め》でたい可愛さは真昼にしか感じないから安心してくれ」

「そ、そういう事をまた言う……」

「真昼が説明してほしそうだったから。言わないと妬《や》いたままだろうし」

今回は他人に聞こえないように小さく囁いた周に、真昼はぐぬぬと唇をきゅっと閉ざして、それからまた恥じらいに瞳を伏せる。

「……不安になる私が馬鹿《ばか》みたいです」

「毎度確認してくれていいけどな、真昼が納得して満足するまで」

「それをしたら確実に私が恥ずかしくなります」

「その姿を愛でたら真昼としても満足するのでは？」

「私を死なせる気なのですか」

「大袈裟《おおげさ》な」

「大袈裟ではないです。いつも周くんに心臓をいじめられているというか……私に負担が大きすぎます」

「嫌なら」

「嫌ではないですけど……その、お手柔らかにお願いしたいというか」

もじ、と肩を縮めた真昼に、そういう事を言われるとしたくなるんだよなあ、とは思ったが、あまりやりすぎると拗ねるので加減しなければな、とも思う。

とりあえず「善処する」と返せば、ちょっぴり不服気味な眼差しで睨まれた。信じてもらえていない気がする。

「……次いじわるしたら、私がいじわるしますからね」

「それは興味あるな」

「……わざとしたら口利《くちき》きませんからね」

ぷい、とそっぽを向いた真昼があまりに可愛らしくて思わず笑みをこぼせば、真昼は不機嫌そうに周のクッキーを奪って更に顔を背《そむ》けるのであった。


流石に混んでいるのに長話をする訳にもいかないので、ほどほどなところで会話を切り上げ喫茶店を出たところで、行き先はどうしたものかと吐息をこぼす。

文化祭は十六時まで。あと一時間半ほどで閉場となる。

そこからは売り上げの集計、報告やら翌日の準備やらでまた忙しくなるので、それまでに楽しんでおきたいが、めぼしいところは既に訪ねていた。

「真昼は他にどこか行きたいところある？」

「そうですね……ある程度見回ってしまいましたし。少し体育館のステージの方に行くとか？」

「ステージか。今なにやってたっけ」

文化祭では午後からステージの部があり、有志の生徒が色々と出し物をやっている。周の記憶ではライブや演劇がスケジュールに書いてあった筈だ。

パンフレットを見てみると、現在は軽音楽部がライブをやっているらしい。

「今はライブだってさ。興味ある？」

「あまり音楽を聴かないので、折角なら」

「真昼はあんまＢＧＭかけないし、かけても洋楽ばっかだからなあ」

流行には敏感な真昼ではあるが、あまり音楽には詳しくない、というより本人の好みにより流行っている邦楽より一昔前の洋楽を好んで聴いている。

よくテレビに出る有名な男性アイドルも、顔と名前が一致する程度の知識らしい。

「まあ真昼が気になるならいこうか。俺も気になるし」

「そうですね」

特に回りたい店がなかったので、興味と時間潰しを兼ねて周は真昼の手を引いて体育館に向かう。

体育館は既に照明をほとんど落とされており、機能している照明はステージを強く照らし上げていた。

体育館の外からでも音が聞こえていたが、中に入るとずっとその音が強く聞こえた。お腹に響くような音にくすぐったさを感じつつ、他の観客の迷惑にならないようにそっと扉を閉じて空いている所にすっと入り込んだ。

顔を上げれば、現在は有志のグループが曲を披露すべく壇上に立っていた。

その中に見知った顔があったので、周は瞳を細めて彼の顔を見る。

スタンドマイクの前に立っているのは、周が朝からよく見た顔である。

「……え、門脇《かどわき》じゃん。あいつ出るとか言ってなかったぞ」

カラオケに何度か一緒に行った事があるので、歌の上手さは周もよく知るところなのだが、まさかこうしてステージに立つとは全く思っていなかった。噂《うわさ》も聞いていなかったので、尚更。

部活に加えてこの文化祭準備もしながら舞台に立つバイタリティには驚きである。

ただ、優太自身はあまり目立つのが好きそうではないので、意外だった。

「門脇さん、何でも出来ますね本当に」

「真昼が言えた台詞ではないな」

感心したような真昼だが、そういう真昼も基本的に何でも出来る。勉強も運動も家事も出来て、且つそれが高水準にまとまっているのだ。真昼ほどよく出来た人間はなかなかに見ない。

「私にだって出来ない事はありますよ」

「たとえば?」

「……泳ぎは」

「それはまあ。結局泳げないままだったからな」

「一日で泳げるようになると思うなら認識が甘すぎます。私がどれだけ練習しても上達しなかったというのに……」

「ごめんて」

泳げないまま、という言葉が不服だったのかぽこぽこと二の腕に拳《こぶし》を軽くぶつけてくる真昼に苦笑しつつ、視線をステージに戻す。

目立つのが好きではなさそうだが、目立つ事そのものは慣れているらしい優太は、たくさんの観客を前にしても臆した様子はなく、実に堂々としていた。

柔らかい笑顔を浮かべて緩く手を振ってファンサービスにも応じるあたり肝《きも》が据わっている。

それから、偶々前の方が空いていて視線が通りやすかったせいで周と視線が合って、彼の頬が微妙にひきつった。

どうやら来ているとは思わなかったらしい。

後からまた話を聞こう、と誓いながらひらりと手を振れば、ぱちくりと瞬きをした後に先程とはまた違った笑みが浮かぶ。

その笑みに女生徒が黄色い声を上げたので、そこは相変わらずだなと周も真昼も思わず笑いを堪《こら》え切れなかった。

「何で出るって言わなかったんだよ」

出番が終わって壁際に居る周達に顔を見せにきた優太に突っ込んでみると、優太は歌うために開けていたネクタイを締めながら困ったように眉を下げて笑った。

「最初は出る予定とかじゃなかったんだけど、ボーカルの子が一週間前に部活で脚をやっちゃって……流石に怪我《けが》してるのに出るのは医者に止められたらしくて、俺が代打というか」

体を動かすようなパフォーマンスもあったので、たしかに怪我していたら不可能だったろう。

「そっか。脚を怪我したやつは大丈夫なのか?」

「うん。やっぱり出られなくて悔しそうにしてたから、申し訳なさはあったなあ。楽しんでくれたみたいではあるんだけど」

「まあ、それは仕方がないというか……。しかし、代打でよくあそこまで歌えたな。ばっちりだった」

「そうかな? よかった」

元々歌が飛び抜けて上手いのはカラオケで実感していたが、まさかああしてステージに立っても観客に気圧《けお》されず逆に圧倒して魅了するほどだとは思うまい。

女子達の歓声を聞きながら上手さに感心していたのだが、その様子も見られていたらしく優太は気恥ずかしそうに頬をかいている。

「……こう、やっぱなんか恥ずかしいね。友達に見られていると照れくさいというか」

「見ない方がよかったか？」

「ううん、そんな事はないよ。藤宮と椎名さんがいつも通りな顔で、ちょっと安心したし。見慣れている人が居ると安心するからね」

むしろそういう点では助かった、とはにかんだ優太に、こっそりと様子を見ていた周囲の女子達がざわざわとさざめく。

相変わらずどこでも注目を浴びてるな、と内心で苦笑しつつ、照れと誇らしさが同居したような笑みを浮かべる優太に「どういたしまして」と茶化すように笑っておいた。

真昼はただ穏やかな笑みで「お疲れ様です」と労《ねぎら》い、あくまで周の付き添いだという姿勢をとる。

おそらく要らない嫉妬《しっと》をもらわないようにするためだろう。真昼と周が付き合っているのは周知されているが、それでもあまり優太と人前で馴れ馴れしくするのは、面倒な事によくない印象を抱かせるのだ。

「しかし惜しいな。折角なら樹達にも見せてやりたかった」

「えー、やめてほしいなあ。言わなかった事に不満言ったり茶化したりするだろうし」

「まあそれくらいは甘んじて受けとけ。内緒にしといたのが悪い」

「急遽《きゅうきょ》決まったから仕方ないんだってば。不可抗力だよ」

やめてよ、と笑いながら言っているので、またあとでクラスに集合した時に言ってやろうと誓いつつ、頬を緩めて「やなこった」と軽く肩を叩《たた》いておいた。

「一日目、お疲れさまでしたー！　いやはやほんと頑張ったな！」

ステージは閉場まで行われており、真昼、優太の二人と一緒にステージを見てから、クラスに戻ってきた。

文化祭一日目の日程が終了し、クラスにはそれぞれ休憩やシフトをこなしたクラスメイトが集まっている。各々《おのおの》楽しんだのか、満ち足りた表情を浮かべていた。

実行委員の樹が労いの言葉を口にすると、クラスメイト達がそれぞれ喜びの声を上げている。

樹はある程度ざわめきが収まってから、咳払《せきばら》いして改めて注目を集めた。

「んじゃ、これからは明日の準備も兼ねた軽い片付けをするぞ。会計班は売り上げの合計と注文数、手元の金額が合ってるかの確認してオレに報告なー。お金は規定の袋に入れてそれもオレに提出。オレはそれを運営に提出してくるから。裏方班は明日の準備、接客班はこの教室の清掃、終わったら裏方班の備品整理なー」

「はーい」

各々仕事を振り分けられ、素直に頷いて自分の役目につく。

周は清掃なので、サクサク終わらせようと腕捲《うでまく》りをしてバケツに水を汲《く》みに行く。

一年前は掃除なんて不得手中の不得手であったが、真昼の指導と日々の積み重ねによって、得意ではないが平均的にこなせるようになった。正しくは綺麗《きれい》なままを維持出来るようになった。

「……テキパキだねえ」

真昼と息を合わせながら掃除をしていた周に、彩香が感心したような声を上げる。

「いや、俺より真昼の方が手際いいから。俺の師匠みたいなもんだし。最初はほんと片付け出来なかったから」

「藤宮くんは几帳面《きちょうめん》なイメージだったから意外」

「家の外だったらしっかりしてたんですけどね、周くん」

汚れたテーブルクロスを畳んで撤去している真昼は話を聞いていたらしく、からかうような声音《こわね》を向けてくる。

家の中ではだらしない、と暗に言われて周としては押し黙るしかない。文句が言えないくらいにその通りなのだが、あまりからかわれるのも趣味ではない。

「仕方ないだろ。一人暮らしの男なんてそんなもんだ」

「それでもひどいと思いますけど。私が足を踏み入れた時に足の踏み場がなかったんですから」

「……そんなもんだ」

「えー。一人暮らしじゃないけど、うちのそーちゃんは部屋綺麗だよ？　私が入るからってきっちり片付けてた。お陰でベッドの下とか何もないんだよね」

「流石にやめてやれ探すのは」

その辺りのものを彼女に探されるのは男子的には背筋が寒くなる案件なので、全国のカップルの彼女は隠しているものを暴《あば》かないでやってほしいところである。

周としては探られたところで何もないし痛くも痒《かゆ》くもないが、大半が隠し持っているので探られると困るだろう。

「あ、いや探そうとした訳じゃないんだけど、お約束あるのかなって気になって。ほら、漫画だとよくあるじゃない？」

「流石にそれは漫画の読みすぎだろ」

「だよねえ。そーちゃんも安直すぎって呆れていたし。……ちなみに藤宮くんは？」

「痛くない腹を探られてもなあ」

「あはは」

へらへらと笑う彩香に彼も災難だったなと同情していると、真昼がこてりと首を傾げた。

「何の話をしているのです？」

どうやら作業をしていて話を聞き取れていなかったらしい真昼が不思議そうにするのを見て、周は出来うる限り自然を装って目を逸らした。

「別に大した話じゃないから」

「んー、藤宮くんは椎名さんが居るから要らないって話なんじゃないかな」

「木戸」

変なことを言うな、とじわじわ奥から滲《にじ》んでくる羞恥を堪《こら》えつつ悪戯《いたずら》っぽく笑う彩香を睨む。

その様子にますます笑みを濃くする彩香と対照的に更に不思議そうに瞳を瞬かせる真昼に、周は耐え兼ねて真昼の手を引いて彩香から引き剝《は》がしておいた。

第11話

文化祭、二日目

文化祭二日目。

周《あまね》達は午後からのシフトなので、午前中は空いているのだが……。

「久し振りに母校にきたけど、相変わらずだねえ。改装はされてるけど、雰囲気はそのままだよ」

夏ぶりに見た修斗《しゅうと》が、微笑《ほほえ》みながら入り口前に立って校舎を見上げながら呟《つぶや》く。その隣、というかすぐ横に寄り添うように立った志保子《しほこ》は「入学式以来かしら」とおっとりとした笑みを浮かべていた。

周にしてみれば見慣れた、しかし周囲からは注目されるような相変わらずの仲睦《なかむつ》まじさに、周は少しだけ無関係の人間として離れたくなった。もちろん、真昼《まひる》がその腕にくっついて阻止しているが。

彼女のカラメル色の視線が「諦《あきら》めてください」と言わんばかりに生暖かいものになっているので、周としてはやっていられない。

「……あのさー、俺達《おれ》も一緒に回らなきゃ駄目か」

「あら、数ヵ月振りにあってその言いぐさ。悪い子ねえ」

「今時親同伴で回らねえよ」

「そんな事ないわよ。……ああ、思春期にありがちな親と行動するのが嫌的な反抗かしら」

「別に嫌じゃなくて……目立つだろ」

現時点で目立っている。

贔屓目《ひいきめ》抜きにしても二人は若々しくお似合いの夫婦、といった雰囲気を漂わせた男女だ。こまでいちゃついている熟年夫婦もなかなかに居ない。

周としては、クラスメイト達に見られたらあとでからかわれるだろうから、出来れば一緒に行動したくない。

ただ、真昼はその逆で、学校行事に親が参加した事がないらしく、志保子と修斗がきてくれた事が嬉《うれ》しいのか一緒に回りたそうにしている。

真昼の背景を知っているとそのささやかな願いを無下《むげ》にするのは罪悪感があるし、彼女が喜ぶなら自分が我慢すればいいと思いはするが――やはり、恥ずかしいものは恥ずかしい。

「……目立つって、あなた達も充分目立つと思うけどね」

志保子はそう呟いて、寄り添い合う周と真昼を視界に収め、にんまりと笑う。

微笑ましい、というのともっとやれ、という鼓舞が込められているのは何となく分かって、頬《ほお》がひきつりそうだった。

「……それでも、生徒と親なら親の方が目立つ」

「まあ、そうだろうが目立つのには変わりないもの。むしろ見せつけてるんじゃないの？」

「見せ付けてない。……とにかく、ほら、模擬店回るんだろ。俺達昼からシフトなんだから回るなら早くしてくれ」

「あら、ついてきてくれるの？」

「ストッパーとしてな」

「どうだか。二人の方が熱々な可能性もあるじゃない？　ねえ修斗さん」

「あはは、そうだね」

にこにこと柔和《にゅうわ》な笑みを絶やさない修斗に周は額を押さえながらそっとため息をつく。

志保子と違ってからかいがない分、強く拒絶も否定も出来ないのでやりにくい。調子が狂うので、あまり強く言い返さないし言い返せない。

「……とりあえず、どこ行きたいんだよ」

「そうだねえ。午後から周達が働いているのを見られるんだろう？　それを除くと、折角だからハンドメイドの品物を売ってるお店が見たいかな。手芸部とか工芸部のお店があるってパンフレットにあったし」

「そこに案内すればいいんだな」

とりあえずさっさと要求を満たしておくに越した事はない。

ここに留《とど》まっていても無駄に目立つだけなので、周は結局妥協した周を微笑ましそうに眺める真昼の背中に手を回して促すように軽く押して、校舎の中に入った。

「藤宮《ふじみや》くんのご両親ってすごく仲いいんだね。藤宮くんそっくり」

仲睦まじい事を全身で表しながら手芸部のハンドメイド商品を見ている両親の姿に、売り子をしていた彩香《あやか》がくすくすと小さな笑い声をあげた。

大してクラスメイトの所属部を知らなかった周だが、どうやら彩香は手芸部に所属していたようで、今の時間帯の売り子当番らしい。

「てっきり木戸はどっかの運動部のマネージャーやってるのかと……」

両親から微妙に距離をとっていた周は、お手製らしいエプロンをまとった彩香を眺める。

筋肉フェチで筋肉大好きと公言する彼女の事だから、てっきり運動部のマネージャーあたりをやっているかと思ったのだ。男子が居て筋肉を見る機会を得ようとするのだとばかり思っていたが、手芸部は意外だった。

「まあ合法的に男子の筋肉を拝めるからね。でも生憎《あいにく》と私はソロ活動してるので。それに、そーちゃんが拗《す》ねちゃうし」

「茅野《かやの》が？」

「そういう肉体的に鍛えてる職業の人をテレビや写真で見るのは何とも思わないけど、こう、学生を見てにたにたするのはやめてと」

「それは嫉妬《しっと》というより木戸の外聞を気にした結果な気がする」

筋肉に見とれうっとりしてよだれを垂らしそうな可愛《かわい》い女子の姿を、他人に見せたいとは思わないだろう。それも自分の彼女なら尚更。

ただ、周の評価に不服らしい彩香はぷっくり頰を膨らませている。

「失礼な。私だってにまにまする相手くらい選ぶからね」

生半可な筋肉じゃにやけませんー、とにやける事自体は否定していない彩香は、腰に手を当てて胸を張った。

「まあ、手芸部に入ってるのは、頼むから女の子らしくしてくれと父さんからの懇願《こんがん》というか……。まあ、大きな要因が、そーちゃんの服を手《て》ずから作れておまけに採寸まで直々《じきじき》にさせてもらえるからというか」

「うわ筋金入りだ……」

「ひ、引かないでよぅ。し、椎名《しいな》さんもほら、藤宮くんが脱いで採寸させてくれるなら直々に手作りしてくれると思うし」

「俺の真昼に特殊性癖を植え付けないでくれ」

むしろ真昼は恥ずかしがって周の裸を見たがらないので、脱いでもらいたがるなんて事はまずない。彩香のような筋肉フェチにしてもらっても困る。

何故《なぜ》か残念そうな彩香を呆《あき》れも隠さずに眺めていると、両親と商品を見ていた真昼がこちらにやってきて不思議そうに首を傾《かし》げる。

「話し込んでましたけど、何の話をしているのです？」

「え、椎名さんは藤宮くんが脱いだらよろこぶって」

「んな訳ないだろ。なあ真昼」

「そっ、そんな事……ない、と、思います」

「なんで弱々しい否定になってるんだ」

真《ま》っ赤《か》な顔で勢いよく否定するかと思いきや、微妙にためらいのある否定だったので、周的には驚きを隠せない。

「え、私が椎名さんに筋肉のよさを説いたから？」

「余計な事をしないでくれ。真昼に変な知識をつけなくてよろしい」

「あくまでよさを語っただけだし、人体の美しさを変な知識と呼ばないでほしいの。努力して肉体を鍛えて磨きあげた成果を変な知識と言うのは筋肉に対して失礼だと思う」

「あっはいすみません」

思いの外真面目《まじめ》な顔で説教されたので、反射的に謝ってしまった。

「……いやそれでも真昼が目覚めてしまったら、どうしてくれるんだ」

「脱げばいいんじゃないの？」

「脱がない」

オーバーヒートする事が目に見えているので、脱ぎはしない。恐らくしばらく目を合わせてくれなくなるに違いない。

誰《だれ》も彼もが裸を見たがる訳じゃない、と半目で彩香を見やるも、本人は悪びれた様子はなくにこにこと「椎名さんも見たがってるのにねえ」と呟いている。

ちなみに真昼が赤い顔でブンブンと首を振っているので、それは彩香の筋肉フェチ仲間を増やしたいが故《ゆえ》の妄想だろう。

ぷしゅう、と湯気を立てそうな真昼は、唇を震わせながら「そんなはしたない事ほんのちょっとしか思ってません」と呟いている。

いやちょっとは思っているのか、と突っ込んだら真昼はしばらくお口をファスナーで閉ざしてしまうので、聞かなかった事にしておいた。恐らく真昼的には恋人への興味から来ているのだろう。彩香のようなフェチシズムからくるものではないと信じたい。

「あらあら楽しそうにお話ししてるわね」

真っ赤な真昼をどう宥《なだ》めようかと考えていたら、どうやら気に入ったものをお買い上げしたらしく鞄《かばん》にしまいながらゆったりとした笑顔を浮かべた志保子と修斗が近寄ってきた。

彩香は急に話しかけられた事に意表を突かれたのかぱちりと瞬きをした後、居住まいを正して恐らく外行きの笑顔を浮かべる。先程の筋肉談義の笑みを微塵も感じさせない上品な微笑みで、あまりにも様変わりした態度に固まるのも致し方ないだろう。

「あ、藤宮くんのご両親ですね。初めまして、藤宮くんと椎名さんのクラスメイトの木戸《きど》彩香と申します」

「これはご丁寧にどうも。私は藤宮修斗。こちらは家内の志保子です」

修斗が名乗り志保子を紹介すると、彩香は笑顔でぺこりと頭を下げている。猫を被る気満々なので不覚にも笑ってしまった。

「何の話をしていたんだい？」

「……木戸の趣味嗜好《しこう》の話」

修斗からこちらに質問がきたので、目を逸《そ》らしながらマイルドに返すと志保子が興味を持ったように瞬く。

「あらどんな趣味を持ってるの？」

「そうですね、人間観察……でしょうか？　それと、努力をする人を見るのが好きだし応援しています」

人間観察《筋肉鑑賞》なので嘘《うそ》はついていない。努力をする人を応援する、も筋肉についてなので嘘ではない。決して正確なものではないが。

「ちなみにうちの周は木戸さんから見てどう？　頑張ってる？」

「そうですね……頑張っていると思います。ただ、私は話すようになって間もないので、まだまだ藤宮くんは未知数というか……」

確実に周の筋肉の話をしている気がするが、両親の前で突っ込む気はない。余計な話に飛び火したらたまったものでもない。

真昼もそれが分かっているのか、黙っている。ただ会話をして気を取られている両親の隙をついて、周のお腹《なか》をこっそりぺたりと触っているあたり彩香に毒されている気がした。

その手を引き剝《は》がしつつ「それは家でやってくれ」と咎めておくと、人前で何をしているか自覚したらしい真昼がさっと顔を赤くする。

「私としては、椎名さんと一緒に居る藤宮くんは幸せそうですし頑張ってますので、それを近くで眺めていたいなと思ってます」

「あら、二人ともちゃんと学校でも仲良くしてる？」

「はい、とっても。見ているこちらが当てられるくらいには」

「おい木戸、頼むから変な事は」

「やだなあ、変な事じゃないし事実だもん。二人はお似合いのカップルだなって常々思ってるんだよ？」

筋肉のよさを変な知識扱いした事の仕返しなのか、両親に向けていた笑顔とは違うにまにまと悪戯《いたずら》っぽい笑顔を浮かべて褒めちぎる彩香に、両親が嬉しそうに笑う。

両親の脳内ではクラスでも真昼といちゃついてる事になっていると想像するだけで、周はこの場から今すぐ離脱したくなった。

先程の真昼くらいに顔が赤い事を自覚している周は、余計な事をと彩香を睨《にら》むが、彩香はどこ吹く風だ。

「クラスのみなさんからも認められているようでよかったよ」

「うるせえ」

修斗が本当に穏やかな笑顔で喜ぶので、周は居たたまれなさに口を歪《ゆが》めてそっぽを向いた。

「周くん、顔が死んでますけど……」

「何でだろうな……」

手芸部の展示販売を後にして校内を再び歩きだす修斗と志保子と、周を逃げないように繋《つな》ぎ止めつつのんびり二人の後ろをついていく真昼。

周はふて腐れ気味なのを隠しつつ、しかしやる気のない顔で楽しげにしている両親の背を眺めていた。

（視線が痛い）

目立つ両親と一緒に行動しているので、視線が突き刺さる。

別に周も最近は視線が集まる事自体は好きではないが、真昼の彼氏として過ごす事で慣れてきてはいた。

ただ、今回のは質が違う。

やっかみや悪意のあるものではなく、好奇心で満たされたもの。顔が知られているので、尚更面白《おもしろ》そうに眺められているのだ。

前でいちゃいちゃしながら模擬店を訪ねていく両親の姿に、周は疲れたように後ろをついていくだけだ。

真昼はその様子を見ながら困ったように眉《まゆ》を下げている。

「そんなに嫌なら、二人と分かれて……」

「嫌とかじゃなくてさ、こう、身内が……ああしてるの見て恥ずかしいというか……」

「……割と周くんも人の事言えないというか、修斗さんに似てると思いますけどね」

「どこがだよ」

「最近、周くんはこう、なんというか……無意識に、彼氏ですけど、みたいな雰囲気を醸しているというか……」

自然と手を握ったり肩を抱いたりするじゃないですか、と淡い紅色を頬に落としながら唇を僅《わず》かに尖《とが》らせる真昼に、周は言い返せずに唇をまっすぐに結ぶ。

実際人前で過度ないちゃつきこそしていないが、牽制《けんせい》も兼ねて恋人らしく軽いスキンシップをしているのだが、それが真昼には気になるらしい。嫌ではなさそうだが、気恥ずかしくはあるようだ。

「……正直、ど、堂々としてくれていいのですけど、その……どきどきするというか。自信がついたのは嬉しいですけど、私がその分慌ててしまうというか。そのくせ変なところで意識しますし……た、たまにへたれですし」

「最後のは余計だろ」

「だって」

「俺の認識はどうなってんだ」

未《いま》だに真昼にもへたれだと思われていたのか、と頭を抱えたくなったが、まあ交際して四ヶ月も経《た》つしキス以上は何もしていないので、へたれと言えばへたれなのかもしれない。

ただお互い納得の上ではあるし、大切にしたいが故の選択なのだと真昼は理解している筈だ。

ただそれが周のスタンダードだと思われるのは不服なのである。

「奥手で悪かったな」

「せ、責めてる訳じゃなくて、その、私の事を大切にしてくれているからこそ、ゆっくりしていただいてるのも、分かってます。でも、周くんは私の事を気遣いすぎて、自分の事は後回しにするから……辛《つら》くないのかなって」

真昼は、初心《うぶ》ではあるし男女交際に関して周より知識に疎いとはいえ、男性特有の生理現象については知識として持っているだろうし、実際に周と過ごす上でそれを感じている事もある。

周がどう感じているか知っていて、その上で周が真昼に強要せず真昼を尊重するが故に何もしないと理解しているからこそ、周を気遣うような言葉が出てきたのだろう。

　周からしてみたらそのあたりを気付かれているのは気恥ずかしいし自制出来ていない未熟さを痛感しているのだが、真昼的にはそれを嫌なものだと捉《とら》えていない事は嬉しかった。

「辛くないかと言えば嘘になるけどさ。俺は、真昼が幸せなら幸せだし……急いで先に進もうとか、思わないよ」

「……私も周くんが幸せなら幸せだって気付いてください」

「だから真昼が幸せな方がいい訳ですよ」

「堂々巡りじゃないですかっ」

　不満げに脇腹《わきばら》を指先でぷすぷすと小突かれたものの、この気持ちを揺らがすには至らない。

　譲るつもりはない、と真昼の不服そうな顔を見て柔らかく微笑むと、尚更不服そうな顔になるので、宥めるように繋いだ手を指先で擽《くすぐ》る。

「真昼は気にしなくていいんだよ」

「……そういうところが駄目なところなんですよ、周くん」

「まあ、これぱっかりはなあ」

　暗に譲るつもりはない、と主張すると、真昼は怒ってはいないが呆れとほのかな苛立《いらだ》ち、喜び、それらを内包した何とも言い難《がた》い表情で周の二の腕に頭突きをした。

「あなたも真昼ちゃんの可愛さを理解してくれるのね」

「いやー、もちろんですよ。まひるんはもう魅力たっぷりで……知れば知るほど可愛いんですよねえ」

「混ぜるな危険すぎる」

今日初めて会ったばかりだというのに意気投合して真昼を愛でている志保子と千歳《ちとせ》に、周は盛大なため息をついた。

今日は樹《いつき》と千歳も周と同じシフトなので彼らも午前中は自由行動であり、偶々《たまたま》出会ったので致し方なく両親を紹介したところまではよかった。

そこからが問題で、最初は大人しめにふるまっていた千歳だったが、志保子が真昼を愛でだしてから我慢出来なくなったらしく真昼の可愛がりに参加しだしたのだ。

そこからみるみると意気投合し、結局真昼は二人にあれこれ褒められて顔を真っ赤にして震えている。

羞恥に滲《にじ》んだカラメル色の瞳《ひとみ》は助けを求めるようにこちらを見ていたが、二人のアグレッシブさに勝てる訳もなく、とりあえず二人の好きにさせておいて男性陣は男性陣で固まっていた。

「うちの周がお世話になってます」

「いえいえ」

「……むう」

「どうした周くんや、否定はしないのか？」

「世話になっている事は事実だし。それが余計な、がつくかどうかは別問題だけど」

たまに本当に余計なお世話な時はあるが、基本的に樹には助けられているし世話を焼かれている。恩義は感じているし、あまり口にはしないが日頃から感謝している。

樹が居なければ真昼との仲もそう進展しなかっただろうし、ある意味では千歳とセットで、真昼との交際の立役者とも言えよう。

ありがたいとは思っているので修斗の言葉を否定せずにいたら、樹は何故だか目を逸らした。

「そういうところは素直なんだよなあお前」

「普段がひねくれてると喧嘩《けんか》売ってるのか」

「そういう受けとり方がひねくれてるって事なんだよ。つーかひねくれてるって自覚はあったのか？」

「うるせえ」

この野郎、と背中をべしっと叩《たた》くものの、軽いじゃれあい程度のものなので堪《こた》えた様子はない。むしろにまにまと笑ってこちらの様子を見ている。

修斗までにこにこと微笑ましそうな眼差《まなざ》しを向けてくるので、堪《たま》らずそっぽを向けば今度は声で笑みを表現してくる。

「まあ、周はひねくれてるし素直じゃないけど、正直なやつだとは思ってるよ」

「周は前からこんな感じだからねえ。人を寄せ付けにくかったんだけど、理解してくれる友達が居てくれてよかったよ」

「いえいえ。オレこそ友達になってもらってよかったと思ってます」

「……そういう話は俺の居ないところでしてくれ」

「だってさ」

「そうですね、では後程《のちほど》メッセージの方で……」

自分に聞かせるな、というつもりで言ったのだが、そこから発展して何故か連絡先のやり取りをしだした樹と修斗に、頭が痛くなってくる。隠れて何かしら報告とかをされそうなので、出来ればやめてほしいところである。

ただ、ここを止めたところで千歳と志保子が結託して何かやらかしそうなので、止めても無駄だという予感もひしひしとしていた。

(俺も真昼もどうせからかわれるんだよなあ)

おそらく友達として、親としての愛故なのだろうが、たまったものではない。

あとで釘を刺しておこうと思いつつ視線を逸らして——そこで、視界の隅に昨日も見た大輝《だいき》の姿を見つけた。

保護者だし二日ともきていてもおかしくはないが、こちらに声をかけようとはせず、ただ遠目で困ったような表情をしているので、困惑してしまう。

視線的には樹の方を見ているので、息子が気になるのだろう。

「周、どうし……」

周が固まっていた事に気付いて樹も視線を向けて、それから端整な顔を強張《こわば》らせた。

お世辞にも仲がよいとはいえない親子なのは知っているが、こういった顕著な反応をされると友人としては非常に居たたまれない。

どうしたものか、と樹を見ると、彼は何か言いたそうに唇を震わせたが、それが言葉になる事はなく、そっぽを向いて大輝に背を向けた。

そのまま盛り上がってる千歳の所に行って、へらりと笑う。

「ちぃ、そろそろ飯買いに行こうぜ？　並ぶの早めにしないと午後は腹ぺこで仕事だぞ」

「えっそれはやだなー、接客って体力勝負なのにぃ。あ、すみません、そろそろ私達は行きますね」

「あらそう？　午後から喫茶店に行くつもりだからよろしくね」

「はい、楽しみにしています」

礼儀正しく腰を折った千歳は、ほんのりと樹に急《せ》かされながら去っていった。恐らく、大輝と会わせると千歳の表情が曇るからなのだろうが、流石に大輝に対して露骨すぎる気がした。

（……どうしてこうなったんだろうな）

大輝を居ないものとして無視していった樹に、周はそっとため息をついた。

「……気を使わせてしまったな」

樹と千歳が去っていったのを見届けて、遠くからこちらを見ていた大輝が苦笑しつつ近寄ってくる。

周としても、とても居たたまれなかったし申し訳なかったのだが、流石に彼らの問題に深く首を突っ込む訳にもいかないので、あのまま見送ったのだ。

近づいてきた大輝に志保子は気付いたようで、真昼を伴いながら寄ってくる。

「あー。さっきの樹の親父さん」

「これはこれは。うちの息子が樹くんにお世話になってます」

「いえこちらこそ……」

よくある謙遜のしあいから名乗り合った両親と大輝を見て、何とも気まずさを覚える。

「……あー、その、大輝さん。さっきのは」

「分かっていた事だからな。私も彼女に辛く当たってしまうから、樹が遠ざけようとするのは無理もない」

悲しむというよりは諦めたように淡々と受け入れる大輝に、修斗と志保子も大輝が息子である樹《千歳》の彼女と折り合いがよくないと察したのか、少し心配そうに眉をひそめている。

一応前に世間話で友人のカップルが親から認められなくて困っている、と言った事があるので、それを改めて思い出したのだろう。

大輝は両親の様子を気に留めた様子はなく、先程までの光景を思い出すように視線を斜め上に投げた後、小さく笑った。

「しかし、椎名さんは随分と藤宮君のご両親と仲がよいのだな。見ていて驚いたよ」

「ありがたいお言葉です」

「そりゃあ未来の娘ですもの。それでなくてもいい子ですから、可愛がりたくもなりますよ」

志保子と修斗の性格もあるし、真昼との交際は親公認なので将来的に娘になる相手に仲良いのも当然とは思ったが、彼には当て付けのように聞こえてしまうので口にするのは控えたのだが……志保子は気にした様子はなく、堂々と言ってのける。

恐らくわざとなのだろう、とは思ったが、考えはあるらしい。修斗も止める様子はない。

邪気は一切《いっさい》ない、純粋に真昼を気に入っていると言い切った志保子に、真昼は照れ、大輝は面食らったように目を見開いたものの遅れて苦い笑みを浮かべた。

「まあ、彼女ならお二方何ら不満はないでしょうな」

「そうですわね。うちの息子が選んだ人ですもの。見る目は間違いありませんし、私達も真昼ちゃんを見てこの子なら周を任せられると思いましたから」

任される側に思われていた事が微妙に不服だったが、実際世話を焼かれているので文句は言えない。

「うらやましい限りですな。愚息だとそうはいかないので」

「息子さんを信用なさってないのですね」

「愚息はお宅の息子さんのように出来た人ではないのでね。ひよっこですよ、まだまだ」

「あら、そんな事はないと思いますよ？　周に聞く限りでは、とても気遣いの出来る優しい子だと思っていますが」

「それは……」

言い淀《よど》んだ大輝に、志保子は静かな微笑みをたたえる。

同じ親として何か感じるものがあるのか、普段ならばそこまで追及しないのに、今回ばかりは遠慮をしていない。

親から彼女を庇《かば》って逃げた樹の姿を見た、というのがこの行動の大きな理由だろう。

「親として、選んだ相手に思うところがあるのも分かりますけど……子供は、あまり抑圧すると反発しますから。折角素敵な子に育ったんですもの、彼の見る目を信じて見守ってあげるのも大人の役割だと思いますわ」

そう告げて大輝に微笑みかけた志保子に、微笑みを向けられた大輝が苦虫を噛《か》み潰《つぶ》したような渋い顔をする。

それが嫌悪から来るものというよりは、痛いところを突かれたからこそ浮かび上がったもののように見えた。

それ以上は口を動かそうとしない志保子を見て、修斗と淡い苦笑を浮かべる。

「まあ、先程知り合った私達が偉そうに言える事ではないのですが……明確に誤った道に進もうとしているならともかく、自分で選んだ道を歩こうとする子供を引き留めても、子供は受け入れてくれませんよ」

そう締め括《くく》って志保子と同じように微笑みをたたえて大輝を見守る修斗に、周は頰をかいてそっとため息をついた。

あまり、周の方からは口出しをするべきではないと思っている。けれど、大輝はよくも悪くも頑固な事は理解しているし、親から見たものと本人達が見たものは違って見える事も分かっている。

大輝が、千歳が悪い人間ではないと分かっているなら、あとは認識と要求の違いだ。

「大輝さん、俺からも一つ言わせてください。その、大輝さんは……千歳の事、気に入らないとは思いますけど……決して、駄目なやつじゃないです。最近は、大輝さんに認めてほしくて悩んでましたし努力もしています。別に、受け入れてくれとはいいませんけど……ちゃんと、見てあげてください」

大輝の許容ラインが高いだけで、千歳自体そこまで出来ない人間ではない。極端に頭が悪い訳ではないし、肝心なところでは空気を読める人間だ。気遣いも出来る。

あえて言うなら理想が違うだけなので、全《すべ》てを否定してほしくはない。

周の躊躇《ためら》いがちな言葉に軽く瞠目《どうもく》した大輝は、ばつが悪そうに視線を逸らした。

「……藤宮君がうちの息子を高く買っている事も、彼女の事を信頼していることも、理解している。私も息子達の努力は、承知の上だ。子が親のものではない事も、理解している。それでも」

「それでも？」

「――私は、彼女が息子にいい影響を与えたとは思わない。君が、変わった息子によっていい影響を受けたのだとしても、私の彼女への認識は変わらない。それは、理解してほしい」

周の言葉は、言ってしまえば樹の肩を持ったものであり、どうしても樹に寄った立場からのものだ。大輝の気持ちを慮《おもんぱか》るものではない。

部外者である周からどうこう言われたところで、彼の気持ちが変わるというものではないのも理解していたが……真正面から柔らかくではあるが突っぱねられた事に、少しだけ胸の痛みを覚えた。

（……俺が口出し出来る問題でもないのは分かってたけど）

あくまで、これは大輝と樹千歳間の問題であり、真に大輝が彼らをどう思っているのかなど分からない。

何故千歳を受け入れられないかなんて、心を覗《のぞ》かない限り分かる訳もない。

「藤宮君が心配せずとも、彼女を排除しようとは思っていない。ただ、私は私なりの考えがあって、認めずにいる。それは理解してくれるね」

「……差し出がましい発言でした」

「いや、息子に君のような友人が出来て良かったと思っている。心底心配してくれているようだからね」

大輝は気分を害した様子はなく、ただほんのり苦いもの混じりの淡い笑みを浮かべ、凪《な》いだ瞳で周達にそれぞれ視線を滑らせる。

「私の事は抜きにして、どうかこれからも息子と仲良くしてやってほしい」

そう、堅く芯《しん》のある声で告げて軽く頭を下げた大輝は、周達を戸惑わせたまま静かに去っていく。

残された周は、大輝には大輝なりの考えがある事を理解した上で、ままならないものだと落胆とも呆れとも寂《さび》しさとも言えない感情を乗せたため息を落とした。

「……周くん、普段は赤澤《あかざわ》さんや千歳さんに素っ気ないのに、ああいう時はしっかり庇いますよね」

昼食を取ったあと一度両親と分かれ、午後のシフトに備えて着替えを済ませた周と真昼は、控え室の方で二十分後の出勤を待っていた。

「……そりゃまあ、友達だし」

「素直ではないですよねえ」

「うるせえ。真昼には素直だろ」

「素直というか直球というか……たまに、びっくりするくらい度肝を抜いてくるのでドキドキですよ？」

「よかったなドキドキ出来て」

「もう」

ぺちぺち、と不満というよりは仕方ないなあといった風に叩いてくる真昼には肩を竦める。

「まあ、見えているところで極端に樹や千歳を庇うような事はしないよ。二人とも気を使うしな。それに、大輝さんが言わんとする事は分かるから」

「言わんとする事？」

「んー。……あいつんち、割といい家だからなあ。真昼は行った事ないだろうけど、ちょっとしたお屋敷だぞ」

「お屋敷……ですか？」

「そう、お屋敷。純日本邸宅って感じの」

彼に招かれて初めて遊びに行った時は驚いた。周も自宅は広い方だと思っていたが、流石に離れや橋のかかった池、手入れされた庭園のある豪奢《ごうしゃ》な日本家屋には敵《かな》わない。

本人は「古臭い家だろ」とやや恥ずかしそうにしていたが、周としては古臭いというよりは歴史を感じさせ、かつ手入れの施された傷みのない立派な家だと思っている。

「まあ、そういう家系らしくてな。一応成人している兄が居るらしいから家は兄が引き継ぐらしいけど、樹がいいとこの次男って事は変わらないからなあ」

「……なるほど」

「まあ、家を継がない次男なんだから好きにさせろってのが樹の主張。いちいち親に交際相手の制限をかけられたくないって言ってる」

樹の主張は理解出来るし、もう自分で考えられる年齢なのに親に決められるのは御免だという事も、理解出来る。

ただ、先程見た大輝からは、千歳を家柄で拒んでいる、千歳のせいで樹が変わった事が原因、という事だけには感じられなかった。何か別の要因があって、千歳を拒んでいるような気がする。

それは大輝に直接聞かなければ分からないだろうが、話してくれそうにないのも分かる。

まあ、それでも本人達の主張を聞いてやらないのはよろしくないし、大輝の味方をしようとは思わないのだが。

「多分大輝さんには大輝さんなりの考えがあるんだろうけどさ、俺からしてみれば、無理に引き離した方が反発するし軋轢《あつれき》が生まれるから、もう少し歩み寄った方が今後の生活的にも感情的にもいいと思ってるけどな」

まあ当事者じゃないから言えるんだろうけど、と締め括って肩を竦めた周に、真昼はじっと周を見つめて、それからへにゃりと眉を下げた。

「……私、ちょっと赤澤さんが羨《うらや》ましいです」

「羨ましい？」

全く予想していなかった言葉を耳にして、自然と目が丸くなる。

真昼はというと困ったような笑顔で「不謹慎かもしれませんけど」と前置きをしてから、そっと吐息に紛れさせるように言葉を紡《つむ》ぐ。

「本人達からしてみれば、たまったものじゃないと思うんですけどね。それでも、お父様は、樹さんの事を思って口出しをしているのでしょう？　そこに自分の理想が盛り込まれている事は否《いな》めませんけど……それでも、親からの愛には変わりありませんから」

親からの愛、という言葉に、真昼には気付かれない程度に体を強張らせる。

「ああ、心配しなくても大丈夫ですよ」

周の懸念に気付いたようで淡く微笑んだ真昼は、くるりと流した横髪を指で巻き付けるように弄《もてあそ》び、そっと瞳を伏せる。

「別に、今私が両親にどうこう思うとかはないですけど、それだけ家族としての繋がりがあるという事が、すべてが稀薄《きはく》だった私からしてみれば羨《うらや》ましいな、と。まあ、今更手を伸ばされても、私はその手を取る事はないと思いますが」

もう分かたれたものとして見ているので、と小さく付け足してくるり、くるりと横髪に渦を巻かせる。

どこか気持ちを逸らすような仕草に、周は深くは追求せずに癖のつかない横髪を彼女の指から外し、そのままそっと白い頬を撫《な》でた。

視線が上へ向く。

周を見つめる視線がほんのりと揺れていた事には気付いていたが、敢《あ》えて指摘はせず、静かな微笑みを浮かべる。

「まあ、真昼にはうちの親が居るから、擬似的に味わえるだろ。むしろ俺にはもったいないって親に言われてるんだからな」

最早藤宮家にとって真昼は娘に等しい。

なんなら実子である周より可愛がられているし、大切にされている。両親も真昼が愛に飢えていると気付いているから、尚更可愛がっている。

周の言葉にぱちりと瞬きを繰り返した真昼は、言葉が染み込んだようにゆっくりと相好《そうごう》を崩す。

「……ふふ、そんな事ないですよ。周くんは素敵です」

「どうもありがとう。……愛されてるんだから、そんな不安にならなくてもいいぞ」

「はい」

小さくはにかんで隣の周に身を寄せた真昼に、周も微《かす》かに笑ってそれを受け入れて少しの間静かに寄り添った。

第12話　天使様と恵まれた縁

「あらあら真昼《まひる》ちゃん、とっても可愛《かわい》い衣装ね」

シフトの時間になって早々に両親がやって来て、周《あまね》は真昼と共に出迎えつつ引きつりかけた頬《ほお》を無理矢理微笑《ほほえ》みに変えた。

志保子《しほこ》はメイド服の真昼に分かりやすく瞳《ひとみ》を輝かせており、衣装を熱心に観察したり実際に触れて確かめたりしている。

真昼は最早慣れているのか苦笑を浮かべるに留《とど》めているが、規則としては拒絶しなければならない。いくら知り合いといえど公の場で一度前例を作ると、勘違いをした人が同じ事を繰り返してしまうのだ。それは望むところではない。

真昼だと押しに負けて好き勝手触らせてしまうので、周はため息をついて腕で志保子を制する。

「お客様、うちのメイドに触れるのはご遠慮ください」

「まぁ。周専用メイドなのね」

「普通に考えて当店のメイドの意味だよ！」

自分の、という意味に取ろうとするので更に頰をひきつらせるものの、志保子が意に介した様子はない。

周も、取り繕っても無意味な事を悟って素で接する事にする。

「あらあら、お口が悪い店員さんねえ。……ちなみに触っちゃ駄目なのは独占欲？」

「ちげーよルールだよ。おさわりは厳禁だ、うちはそういうサービスはしてない。他の客に示しがつかないからやめてくれ」

「それが母親でも？」

「駄目。あとまだ母親ではない」

もう既に真昼の母親気分なのだろう。いや真昼の実の母親より母親らしいし、なんなら志保子の実の息子である周より余程可愛がられているのだが、それでもまだ関係性は息子の彼女だろう。

周としては、そんな事を突っ込むよりさっさと両親を席に案内したい。先程から数組居た先客がチラチラとこちらを見ている。クラスメイトまでこちらを見ているので、明らかに恥をさらしているのだ。

「いいじゃない、どっちにせよ変わらないわよ」

「だから……もういい。それはいいから、案内させてくれ」

「そうねえ、まだお客様居るものねえ。案内してもらおうかしら。よろしくね、店員さん」

にっこりと微笑んだ志保子に口許《くちもと》が震えたが、静かにしていた修斗《しゅうと》が視線で「ごめんね」と謝ってくるので、周はこっそりとため息をつきつつ表情を客向けのものに切り替える。

「失礼いたしました。席まで案内致します」

周の取り繕いように笑いを堪《こら》える志保子はスルーしつつ、空いている席まで二人を連れていく。真昼は接客に戻ったらしく、他のテーブルの注文を聞いていた。

何故《なぜ》親にこういった姿を見せなければならないのか、と羞恥にため息がこぼれてしまいそうだったが堪え、メニューを二人に見せる。

「こちら当店のメニューです。すべてセット商品になっておりますがご了承ください」

「あらそうなの。修斗さんはどうする？」

「そうだねえ、店員さんのおすすめは？」

「お客様がコーヒーをお好みならAセット、紅茶をお好みならCセットになります」

修斗は志保子のようにからかいはしなかったが、微笑ましい眼差《まなざ》しを向けてくるのが辛《つら》い。

クラスメイトに接客をするのは平気だが、身内だと気恥ずかしさがある。

志保子についてはにやにやしているので最早苛立《いらだ》ちの方が強いが。

「ちなみにメイドさんお持ち帰りは」

「当店はそのようなサービスは提供しておりません」

「周は持ち帰るくせに」

「お客様が何を仰《おっしゃ》っているのか私には理解しかねます。ご注文はどうなさいますか」

にこやかに、話を続ける気はないぞという意思をしっかりと込めてスルーした周に、志保子は残念そうに唇を尖《とが》らせている。

志保子の年齢でそのような幼げな仕草はどうかと思うのだが、自分の母親ながら痛々しさや違和感などを感じさせない、あくまで茶目っ気ある態度で済むのだからある意味すごい。

「そうだね、じゃあAとC一つずつお願いしようかな。それでいいかな、志保子さん」

「ええ。どちらも楽しめるものね。流石修斗さん」

「志保子さんの好みは昔から変わらないね」

「かしこまりました。少々お待ちください」

周は注文を取ったらさっさと二人の元を後にする。どうせこの後いちゃいちゃしだすのが分かり切っているのだ。

案の定後ろから仲睦《なかむつ》まじげな会話が聞こえてくるのでそっとため息をこぼしつつ裏に注文を伝えにいけば、裏方のクラスメイトがじっとこちらを見てきた。

「AとC一つずつ。……なんだよ」

「あれ、藤宮《ふじみや》のご両親？」

「……残念ながら」

「残念ながらって何だよ。……いやまあ、なんか、藤宮とお母さんは思い切りキャラ違うけどさ」

クラスメイトも志保子の明るさを見ていたのだろう。あれと比べられれば、当然似ていないだろう。

表の方でにこにこしながら会話をしている両親の席をちらりと見たクラスメイトは、今度は周の方を見る。

「……あー」

「何だよそのあーって」

「いや、似てるなあって。お父さんと」

「そうか？　まあ、母さんよりは父さんの血が濃いと思うけど……」

「うんうんそうだなー」

何か他に言いたい事があるような相槌《あいづち》を打たれて瞳を細めるが、追及する前に「俺《おれ》やる事あるからー」とそそくさとその場を離れていったクラスメイトに、周は何なんだと訝《いぶか》しみつつも持ち場に戻った。

クラスメイトの妙な気の回し方で自分が両親のところに注文の品を運ぶ事になったのだが、優太《ゆうた》が何故《なぜ》か両親に捕まっていた。

表情からして和やかに話しているようだが、周としては変な事を吹き込まれていないか心配で仕方ない。

　ストッパーの修斗が居るので今後に影響しそうな事を暴露されているとは思わないが、修斗も天然なので余計な事を言っていないとも限らないのだ。

　トレイの上に載せた品を揺らさないように、かつ素早く移動した周は「ご注文の品です」と抑揚なく告げた後テーブルに置く。

　何やってるんだ、という眼差しを隠さずに両親を睨《にら》むと微笑み返されたので、全く効いていなそうである。

　優太は周の姿にぱちりと瞬きをした後、穏やかな笑みをたたえた。

「門脇《かどわき》は何してるんだ……」

「おひやを用意するついでにご挨拶《あいさつ》をと思って」

　そういう彼は水と氷が入ったボトルを手にしているので、言っている事は嘘《うそ》ではないだろう。

「それにしても藤宮のお母様は美人だなあ」

「あら、お上手だこと。優太くんも修斗さんには負けるけど男前ねえ」

「あはは、光栄です」

　さりげなく優太の名前を呼んでいるので、周としてはいつの間に仲良くなったと冷や汗ものなのだが、三人とも周の焦《あせ》りには気付かないのか和やかなムードだ。

「うちの子と仲良くしてくれてありがとうね。この子、ぶっきらぼうでちょっと口が悪いでしょう？」

「そんな事はないですよ。確かに笑顔を浮かべる事は少なかったですけど感情表現はしっかりしてたし、言葉遣いは少し尖っていても誰《だれ》かの悪口を言う事は決してない、優しくていいやつだと思っています。それに、最近はすごく優しい顔ばっかりしてますよ。椎名《しいな》さんのお陰だと思います」

「まあ……」

「お、おい頼むからやめろ。恥ずかしい」

「え、本当の事だし……」

「本当の事かどうかは置いておくが本人の目の前で言うな」

優太は茶化す事はないので、おそらく本気で思って本気で伝えているのだとは思うが、目の前で、それも両親に向かってそういう事を伝えられるのは、恥ずかしくて仕方がない。

樹《いつき》も修斗と似たようなやり取りをしていたので、今日はとことん友人に羞恥を体感させられる日なのだろう。

「でも、藤宮はちゃんとまっすぐに見て評価しないと受け取らないからさあ。たまにはいいだろう？」

「よくない。それなら両親に言わず俺に直接言われた方がいい」

「そうかな。いつもありがとう、藤宮と友達でよかったと思ってるよ」

「……どうも」

邪気のない笑顔で言われては拒否する事も出来ず、呻《うめ》くように返事をすれば様子を見ていた両親が朗らかな声を上げる。

「仲がよさそうで何よりだよ」

「うるさい。門脇は仕事に戻ってくれ」

「そうだね。お時間いただいてすみません、また今度」

また今度、という言葉に恐怖したが、優太はにこにことしたままボトル片手に戻っていく。

周は、今日一番の疲労感を背中に乗せられてぐったりとしていた。

「周は友達に恵まれているね」

「ああそうだな……」

もう疲れて抗《あらが》う気力すらなく、修斗の嬉《うれ》しそうな言葉にはなげやりに返事をする。

実際友達に恵まれてはいるが、それはそれ、これはこれ。こんなにも恥ずかしい思いをさせられて、素直に喜べる筈がない。

ふてくされたような顔をする周に修斗は苦笑しながら、テーブルの上のコーヒーを手に取る。

「まあ周には余計なお節介かもしれないけど、心配してたんだよ。こうして地元を離れて一年半だけど、上手《うま》くやっているようでよかった」

修斗は修斗なりに気を使って周の周りの事を確認していたようだが、それでも周としてはあまり友達にちょっかいをかけるのはやめてほしいところだ。まあ、その友達の方から二人に近づいているのだから、どうしようもないのだが。

「クラスにも打ち解けているようだし、むしろ椎名さんと一緒に微笑ましく見られているみたいだし」

「今日のは絶対二人のせいだと思うんだけど」

「それはすまないね。まあ、今更だと思うのだけど」

「うるせえ」

最近は真昼と居るだけで微笑ましそうに遠くから見守られているので、ある意味今更なのかもしれないが、それでもそういった類いの視線を受けとりたい訳ではない。

のほほんとした修斗に鋭い視線を向けてもにこにこと柔和な笑顔が返されるので、周はやってられないとそっぽを向いた。

第13話　文化祭の終わりと打ち上げ

「疲れた……」

校内に流れる文化祭終了のアナウンスを聞きながら、周《あまね》は大きくため息をついた。

両親が退店した後クラスメイトにからかわれて散々な目に遭ったのだ。ただでさえ慣れない接客で神経を尖《とが》らせていたのに、クラスメイトまで楽しそうにからかってくるから肉体的な疲労より精神的な疲労が蓄積していた。

ただ、それももう終わりのようで、繰り返し流れる放送に肩の力が抜ける。

「おー。みんなお疲れ様ー！　忙しかったなあマジで」

客が居なくなった事と放送を確認した樹《いつき》がへらりと笑ってクラスメイトに集合をかける。

短いようで長かった文化祭も終わりを迎え、皆達成感に満ちた表情をしていた。ただ、やはり疲労が見えるのは、明らかに自クラスが忙しかったからだろう。

「とりあえず、労《ねぎら》いよりも先に片付けだぞー。ぶっちゃけ片付けが一番辛《つら》いからな、準備の時よりも労力が要る作業だから。ゴミとかは学校がまとめて処分するらしいしさっさとゴミをまとめろとのお達しだぞー」

「うげぇ」

「やだーめんどくさー」

片付けを持ち出された途端に意気消沈して気だるげな雰囲気を醸し出すクラスメイトの分かりやすさに苦笑しつつ、周もお片付けモードに移行して営業中に出たゴミを袋に突っ込みつつ彼の声に耳を傾けていた。

「まあまあ、これさえ終われば打ち上げ、明日は振り替え休日だぞ。諦《あきら》めてキリキリ働くのじゃ」

「お前もなー」

「働いてますー指示してますー……いて、分かったからはたくなよ」

黒板の前で偉そうに胸を張る樹をクラスメイトが小突いている。樹は弄《いじ》られるのも慣れっこなのかへらへらと笑って片付けに参加していた。

「打ち上げの会費は打ち上げ終わったら請求するからなー、昨日今日の文化祭で使い切ったとか言うなよ」

「やべっ俺《おれ》金あるかなあ」

「参加するって自分で名簿に書いただろー。足りないやつは誰《だれ》かに借りるかオレに借金か好きな方を選べよ、利子はなんと驚き一日百パーだぞ」

「どんなぼったくりだ」

「それが嫌ならさっさと片付けるんだな、それで利子は手打ちにしてやろう」

「樹もやるんだよ」

クラスメイトに肩を叩《たた》かれつつさっさと終わらせて打ち上げだぞー、と拳《こぶし》を上げてクラスメイトを鼓舞している樹の姿に苦笑しつつ、沢山出た使い捨てカトラリーを袋に放り込む。

真昼《まひる》も同じように片付けながら、樹を眺めている。

「元気ですね、ほんと」

「それがあいつというか」

「打ち上げってどこ予定でしたっけ」

「カラオケ数部屋予約してるって言ってたぞ。その後の二次会も自由参加だ」

打ち上げは前もって出席の意を表明した人達のものとなっている。周は去年普通に欠席したのだが、今年は樹だけでなく真昼や千歳《ちとせ》も居るし、クラスメイトとも親交を深められた気がしているので、やや気が引けるが参加する事になっている。

正直人前で歌うのは苦手なので出来れば聞き専で居たいが、樹に無理矢理マイクを握らされそうなのでどうしたものかと今から悩んでいた。

「別に多少遅くなっても大丈夫だけど、こう、やっぱ賑《にぎ》やかなのは少し苦手かな。カラオケだけで今日は帰宅かねえ」

両親は数日ホテルに泊まる予定であるので、急いで帰る必要もない。別に数日くらいなら周の家に泊まればよかったと思うのだが「真昼ちゃんとのいちゃいちゃを邪魔するのも悪いもの。それに、あなたの家で修斗《しゅうと》さんと仲睦《なかむつ》まじくするのは困るでしょ」などという志保子《しほこ》の余計なお世話とありがたい気遣いが半々の言葉を頂いたので、素直にその気遣いに甘えておいた。

周としても、普段通り真昼と過ごしてからかわれるのは夏休みの帰省でお腹《なか》いっぱいになるくらいに繰り返された事だ。避けられるなら避けたいものである。

「私もそのつもりですよ。そもそも、晩ご飯は仕込んでありますし」

「有能な事で」

「帰った時の労力を減らせるなら、これくらいはしておきますよ」

当たり前のように告げて微笑《ほほえ》む真昼に感服しながら、自分もそれくらい気遣えるようになろうと心に誓い、まずは目の前の掃除を片付けるべく気合を入れ直した。

片付けを終えた周達は、流石に疲労を感じつつも打ち上げにやって来ていた。

カラオケの部屋を三つ予約しているとの事で、参加者を三グループに分けて部屋に入る事になった。ここは樹の気遣いで、比較的仲のよい顔触れが固まるようになっている。

周達のグループは分かりやすく普段話す人達だ。真昼を始め、樹や千歳、優太《ゆうた》、一哉《かずや》に誠、そして最近話すようになった彩香といった面子である。

優太がこちらのグループに来た事で女子達が微妙に残念そうにしていたが、優太に目もくれない彼氏持ちの女子達が同部屋という事で安心もしているらしい。ちなみにその別部屋になった他の女子達からは「椎名《しいな》さんと思う存分いちゃついてね」とにまにましながら言われたので、周はしかめっ面を返しておいた。

「つー訳でお疲れ様ー」

ドリンクバーで注《そそ》いできたサイダーの入ったコップを掲げて乾杯の音頭を取る樹にならって、同じ部屋に居る面々がコップを持ち上げる。

コップを合わせるのは距離的に厳しかったのであくまでポーズだけだが、全員で乾杯してから周もメロンソーダを口に運んだ。

この独特の味と香りがジャンクさを醸し出していて周としては割と好きなのだが、一口欲しがった真昼に飲ませたところ眉間に皺《しわ》を寄せていたので真昼の口には合わなかったらしい。炭酸が苦手という要素が強いだろうが。

涙目の真昼は自分の烏龍茶《ウーロンちゃ》を飲みつつ、周にぴとりと寄り添う。疲れているのもあるのだろうが、やはりこんな大人数でカラオケは不安なのだろう。

「いやほんとお疲れ様。今回の功労者は木戸《きど》だなほんと」

自分のサイダーを一気に飲み干した樹は、どっかりと椅子《いす》に座って機嫌よさそうに頷《うなず》いている。

話題に上がった彩香はちびちびと水を飲みながら苦笑を滲《にじ》ませた。

「私というかうちのオーナーだけどね。衣装貸してくれるの太っ腹というか……あんなに予備があった事に驚いてるけどね」

「また今度お礼に菓子折り持っていかないとなあ」

「いっくんが真面目《まじめ》なのめずらしー」

「ちぃさんやオレに失礼すぎませんかね。オレにだって真面目な時はあるさ」

「それ頻度は」

「……半年に一度かな？」

「駄目じゃん！」

聞いていた周囲がドッと沸くのを眺めながら、周はゆったりと息を吐く。

いくら全員話す仲とはいえ、こうも大勢だとなんとなく言葉を口にしにくい。元々樹のように明るくもなければコミュニケーション能力が高い訳でもないので、話をふられない限りは特に会話に参加するつもりもない。

真昼は真昼で盛り上がっているのを穏やかな笑顔で見守っている。賑やかなのが得意ではないが嫌いでもないらしいので、こうして見守っているのが一番楽しいのかもしれない。

「……なんで周は他人事のように傍観してるんだよ。いちゃついてないでお前もくるの」

「分かった分かった、分かったから立ち上がんな。ここ狭いんだぞ」

一応ある程度の広さは確保してもらったが、八人も居れば動きにくいし狭さを感じる。あまりウロウロすると邪魔なので大人しくしていてほしいのが本音だ。

「まひるんもおいでー。いっくんからかおう」

「からかわなくてよろしい。……もしかして椎名さんカラオケ苦手？」

「い、いえ、苦手という訳では……」

もじもじと身を縮める真昼に、千歳は納得したように「ああ」と視線を上に向かわせつつ言葉を続ける。

「……んー。まひるんは単純に歌のレパートリーがないからあんまり歌いたくないだけだと思うよ。普段はピアノ曲か英語の勉強兼ねて歌詞付きの洋楽とかしか流さないって言ってたし」

「育ちが出てるぞ……流石椎名さんというか」

「周と一緒に何か聴かないの？」

「俺は基本的に音楽かけない派だから」

一応リビングに立派なコンポが置かれているが、最早飾りに近い。たまに曲を流す、程度だ。そもそも真昼と過ごす時間がほとんどなため、曲を流すという発想があまり浮かばない。真昼の声を聞いていた方が余程心地いい。

「まこちん達は？」

「僕はまあ普通に流行ってるのを聴くくらいだし……」

「俺は特にないが、祖母が琴を弾いてるのを聞く事はあるくらいだ」

「そっちはそっちで何かおかしいんだよなあ。……つーか、音楽と言えば優太」

急に話を変えた樹は、にこにこしていた優太に不満をありありとのせた眼差《まなざ》しを送っている。

「ライブやってたの何で教えてくれなかったんだよ。教えてくれたら事前にシフトずらしたのにさー、薄情者め」

どうやらこっそりと文化祭でライブをした事について文句があるらしく、ドリンクをこぼさない程度にテーブルをばしばしと叩いている。

テーブルを揺らされて迷惑そうにしている誠はあの場に居たらしく、小さく「騒ぐから呼ばなかったんだろうなあ」と呟《つぶや》いていた。

優太は樹の文句ありそうな顔にも苦笑を浮かべるだけで、申し訳なさそうな顔を浮かべる気配はない。対応に慣れているのが見えた。

「そうすると思ったから言わなかったんだよ。わざわざ見せたいとは思わないし」

「周達は見てるのになーずるいなー」

「いいだろ、樹はよく一緒にカラオケ行くんだから」

「いーや、晴れ舞台は見たかったたな。仕方ないからここで単独ライブしてくれたら許そう」

「ええ……」

無茶ぶりに困ったように眉《まゆ》を下げた優太と目が合う。

嫌な予感がしたので思い切り視線を逸らせば、向かい側で優太がにこりと笑った気配がした。

「じゃあそこの藤宮《ふじみや》も犠牲になってもらおうかな」

「何でだよ⁉」

「何にせよカラオケなんだからみんなの前で歌うだろ？　一緒に歌っても変わらない変わらない」

「お、急にライブの参加者が増えたぞいいぞもっとやれ」

周が居ればノリノリで優太が歌ってくれると踏んだ樹が囃《はや》し立ててくる。

千歳や彩香も打ち上げでハイになっているのか、応援とからかいを半分ずつ混ぜた歓声を上げる。

周としては、歌が上手《うま》い人間とデュエットするのは気乗りしないので、真昼に助けを求めて視線を移せば――。

「私、周くんが歌ってるのあまり聞いた事がない気がします。折角の機会ですから……」

と、明らかに樹側についたので、周は肩を震わせて「樹と門脇《かどわき》後で覚えてろ」と呟き、やけくそのようにテーブルの上に転がっていたマイクに手を伸ばした。


打ち上げという事で全員ハイなのか、結局周は周囲の面々からあれやこれやと歌わされて、リクエストが終わる頃にはぐったりとしていた。

一緒に歌っていた優太は平然としているので、基礎体力の違いだろう。

「お疲れ様です。お上手でしたよ」

穏やかに微笑んで周の帰還を迎えた真昼もいつもより瞳《ひとみ》の輝きが増しているので、彼女もハイになっているのだろう。

「……真昼もノリノリだったな」

「だ、だって。……周くんが歌ってる姿、かっこよかったですし」

「それはどうも。じゃあ次は真昼の番だな」

「え？」

「千歳ー、真昼貸すから次は真昼と一緒に歌ってくれ」

大層ご機嫌な彼女様を生贄《いけにえ》に差し出すべく千歳に声をかけておく。

千歳は周の声かけに不審そうな目だったが、周の言葉ににんまりと笑って「任されたー」と上機嫌な返事をよこした。

「えっ、ちょっ」

「真昼が楽しんだなら俺も真昼の歌聞いて楽しみたいなー」

「そっそれは」

「千歳の選曲なら多分真昼も分かるやつだろうし問題ない問題ない」

「も、問題あるのでは……ち、千歳さんんん」

「ほらほらまひるんも腹くくって。どちらにせよみんな歌って盛り上がってくんだから」

乗り気になった千歳が真昼の手を引いていくのを、周は手を振って見送る。

真昼から恨みがましげな視線が投げられるが、周も通った道なので潔く受け入れてほしいものである。

これも経験、としみじみ頷きつつマイクを渡されてテンパっている真昼を眺めて満足げに瞳を細めていると、側《そば》に居た優太が苦笑しつつフライドポテトを摘《つ》まむ。

「あとで椎名さんに仕返しされない？」

「精々《せいぜい》ぽこぽこ叩かれるだけだから」

仕返しといっても可愛《かわい》らしい仕返しなので、それなら進んで受けて反応を見たいくらいである。

気にしないといった態度の周に優太は肩を竦《すく》めて、それからおろおろとしながらも歌い始めた真昼を眩《まぶ》しそうに眺めた。

真昼は水泳以外は大概何でも出来るので、歌唱もその例に漏《も》れず上手い。しっとりとした邦楽という選曲がよかったのか、澄んだ声が紡《つむ》ぐ歌は非常に心地がよく、皆雑談を止めて聞き入っている。

夜に子守唄でも歌わせればすぐに睡魔を差し向けてきそうな歌声に、周も頰《ほお》を緩めた。

千歳は千歳で真昼に合わせた柔らかい声音《こわね》で歌っているが、こちらも上手い。

むしろ歌い慣れている分、真昼よりも歌詞や音楽に合わせた抑揚があり、技量的には千歳の方が上だろう。

表情は実にご満悦そうなので、恐らくこの曲が終わっても真昼を離さない気がする。

（まあ、何だかんだ真昼も楽しんでるみたいだからいいんだけどさ）

見捨てられて不満げだった表情も、今は恥じらいを含みつつも楽しそうに柔らかく緩んでいる。

こうして大所帯でカラオケなんて経験がなかったらしい真昼は現状を大いに満喫しているようなので、周としても満足だ。

「……そういえば、二人ってカラオケ出たら帰るんだっけ？」

穏やかな気持ちでマイクを握る真昼を眺めていると、隣に寄ってきた優太が周にだけ聞こえる小さな声で問いかけてくる。

「おう。まあ、幾ら俺が居るとはいえあまり遅くまで外を歩かせるのも危ないし、真昼が夕飯の準備も粗方《あらかた》済ませてるからなあ」

「いやぁ、なんというか最早同居してるみたいだよねほんと」

「うるさい」

睡眠と身支度、風呂《ふろ》の際に自宅に戻るだけで、ほぼ真昼は周の家に居る。

それが当たり前になっていてなんら違和感がないのは、それだけ真昼が周の生活に入り込んでいるからだろう。

「じゃあこのカラオケが終わったら二人は抜けるって事だね、了解。他の子達が残念がるかもしれないけど仕方ないね」

「そりゃあ真昼が居ないと残念がるやつは居るだろうよ」

「あはは。自分の事は考慮してないねえほんと」

苦笑しながらうりうりと肩を小突いてくる優太に、自分は真昼や優太のような存在ではないという主張を込めてわき腹をつつき返しておく。

最近になって打ち解けてきたクラスメイト達ではあるが、二人のような人気がある訳でもないし、惜しがられたとしてもあくまで真昼とのセットだからだろう。

何故《なぜ》かクラスメイトから生暖かく見守られているので、そちらが原因な気がする。

「そりゃあ藤宮といえば椎名さん、くらいでセットに扱われてるところもあるけどさ。藤宮の人柄が好きって人も割とクラスに居ると思うけどなあ。話してみたら案外取っ付きやすいし、面倒見いいもんね」

「そう思ってくれる人が居るならありがたい話だ。まあ、今日のところは普通に帰るんだけどな」

「あはは、予定が決まってるなら仕方ないよ。またクラスの皆とわいわい遊ぶ機会があるといいよね」

「そうだな」

こうして文化祭を通してクラスメイトと交流が深まったと、あまり人付き合いが得意でもない周ですら感じるし、それを快い事だと思っている。

流石に頻繁に、だと困るがたまにはクラスメイト達と何かしら遊ぶのも悪くないよな、と思えるようになった事が、この文化祭の大きな収穫の一つだろう。

去年ではあり得なかった心境にたどり着いた事が自分でも不思議で、くすぐったくて、周は笑いかけてくる優太に穏やかな笑みを返した。

「あのさあ周」

飲み物を切らしたのでドリンクバーの前で次は何を飲もうかと悩んでいると、樹がやってきてどことなく硬い声音で呼びかけてくる。

店内音楽によってかき消されそうな声量だったものの、何故かやけにはっきりと聞こえたその声に、周は自然と表情が引き締まるのを感じた。

「どうかしたか？」

先程までの明るく場を盛り上げていた時とは違う様子に、何を聞かれるのか薄々想像出来ていたが、それでも敢《あ》えて普段と変わりない返事をする。

「あのさ、今日オレがちぃを連れて離れた後、親父と何か話した？」

「……何か、と言われると難しいが、確かに話したな。別に二人の悪口とかじゃないよ、うちの親に挨拶《あいさつ》してちょっと話しただけ」

「そうかー。てっきり親父が変な事を言うんじゃないかって思ってたよ」

「親父さんに対する信用ないなあ。……どう言ったらいいのか分からないが、樹が心配するほどの事はなかったと思ってるよ」

ガラガラ、と氷をコップに注ぎながら、なるべく余計な感情がこもらないように柔らかな口調を心がける。

過度に気を使っても樹は笑って全《すべ》てを包み隠してしまうので、周はあくまで一定の距離を置いて、フラットに、接するしかない。

気にした様子を見せないようにメロンソーダのボタンを押して、鮮やかな緑で透明なコップを色づかせる。氷が軋《きし》む音と炭酸が弾《はじ》ける軽《かろ》やかな音が、少しだけ訪れた重い沈黙を緩和させる。

なみなみと注がれたメロンソーダに、これでは部屋に持ち帰る前にこぼれてしまうな、とゆっくり口元に運んで軽く量を減らした周は、爽《さわ》やかで甘く、そしてさらさらとこぼれ落ちながら喉《のど》を刺激する感覚に軽く目を細めて、静かに佇《たたず》む樹に笑いかけた。

「まあ、俺はお前の家庭の事情も、大輝《だいき》さんと千歳の確執……っていうか、あそこまで認めない事情も、分からない。でも、俺は二人が一緒に居る方がいいと思うし、二人じゃないとしっくりこないっつーか……樹は、千歳じゃないと、駄目な気がするから、上手くいくといいなって思ってるよ。お前ら二人が離れるとか、想像出来ないし」

ひんやりとした喉越しで誤魔化《ごまか》せているかは分からないが、我ながら柄にもない励ましをしている事を自覚して頬が少し熱い。

しかしこれだけは言っておかなければならないとも思ったので確かに伝えると、静かに聞いていた樹の顔が一瞬泣きそうに歪《ゆが》んで、それからすぐに覆《おお》い隠すような、悪戯っぽくも気恥ずかしそうな笑みを浮かべた。

「何だよ」

「いや、なんつーか、恥ずかしいなと」

「誰が言わせてんだよ」

「にゃはは、オレだなあ。オレから湿っぽくなる話を持ちかけたからなあ」

先に浮かんだ表情の事は何も言わず、ただどこまでも軽やかに、いつものように突っ込みを入れる周に、樹は安堵《あんど》した様子でもあった。

手に空のコップを持っていない時点で、ドリンクバーに来たのは周と話すためだったのだろう。

手ぶらでやってきて店の壁に体を預けた樹に、周はカラカラとコップを揺らしながら、その隣に立つ。

どうせしばらく女性陣が盛り上がっているだろう。少しの間、周と樹が抜けていても、困らない。

「……何となく、親父の言いたい事は分かってるんだよなあ。ちぃを嫌がる理由も分かってるんだ」

他の部屋から漏れてくる歌声を遠くに聞きながら、樹が話すのを静かに待っていると、しばらく黙っていた樹がゆっくりと口を開いた。

「それは俺が聞いていい事？」

「オレが勝手に言う事」

「そうか」

それならばとやかく言う事でもないだろう、とあっさり受け入れた周を、樹はおかしそうに笑って肩を竦める。

「多分なんだけどさ、親父がちぃを嫌がるのって、兄さんのせいもあるんだよなあ」

「そういえばお前兄が居たよな」

あまり樹は自分の家族について話したがらないが、成人している兄が居るという事は聞いているし、兄弟仲は悪いとも聞いていない。

「そそ。オレより八も年上の、もう立派な社会人の兄貴です。良くも悪くも、オレとは似つかない人だよ。真面目でまっすぐで誠実な、親父自慢の息子、だった」

「……だった？」

「オレが早めに訪れた反抗期を、大人になってから迎えたからな」

からりと感情を抜いた、それでいて笑っている声で告げた樹は、周に「周も何となく知ってるだろ？」という眼差しを向けてくる。

「うちの家系、まあお察しの通りそれなりによい血筋でありまして。親父は、その血に恥じないようにとしっかり教育を施してきた訳です」

「……お前が昔受けていた教育を聞く限り、お兄さんもそうだろうなとは思う」

「オレより兄さんの方が厳しかったけどなあ。兄さんは、家を継ぐという期待を背負って、その教育の下育ってきたんだ。実際兄さんの性質上合っていたし、当時は何にも疑問に思っていなかったらしいんだよ」

元々しっかりとした真面目で勤勉な人だったからな、という弟から見た感想を呟いた樹は、その後渋い笑みをうっすらと見せる。

「でも、大人になって、社会に出て、ある日気付いたんだ。何故《なぜ》こんな決められた生き方をしているのか、自分にはしたい事がないのか、ってな」

「それは」

「オレは親父の教育全てが間違っていたとは思わないし、親父なりの愛情は確かにあった。結構適当で根本的に色々抜けている仕事人間な母さんより、余程オレ達兄弟を可愛がってくれていたと思うよ」

確かに樹の母はロクに見た事がないし、そもそも樹からも母親の話が出てくる事はない。大輝は周が見た限りでは、息子の事を気にしているし交流を図ろうとはしていた。

「それでも、兄さんは自分が親の用意した道のうちの一つを歩いているだけで、何一つ選んでいない事に気付いてしまったんだ。そんな時に、好きな人……まあ今では兄さんの奥さんなんだけど、その人と出会って、兄さんは初めて親父に歯向かった訳です。俺はこの人と結婚する！　許さないなら家を継がない！　ってな」

「……もしかして、そのお兄さんは今家に……？」

そういえば、確かに赤澤《あかざわ》家で兄の姿を見た事がない。だからこそ兄が居るらしい、というだけの認識だったのだが、よく考えれば長男が跡継ぎならば家に居ないのが不思議なのだ。

「そそ。紆余曲折《うよきょくせつ》あり今は兄さん達家を出てる訳です。これがオレの中学生時代にあった事。一応、今では兄さんも継ぐ事には納得して、オレが成人して家を出るまで少し離れた場所に住んでるんだけど、それがいつ翻《ひるがえ》るか分かったもんじゃないから、親父はひやひやしてるんだよ。んで、話は戻るけど、当時家を継がないーって話になって、じゃあどうするかって、そりゃ次男にしわ寄せがいきますわな」

面倒くさいと言わんばかりの声音であるが、そうなる事は周でも予測出来た。

代々続く家系、誰かが家を継がなければならない状態で長男が継がない、かつ次男が居るならば、その次男に白羽の矢が立つのは当然の流れだろう。

「元々他の家より厳しく躾《しつ》けられていたのに、兄さんの一件で更に締め付けが激しくなってしまってなあ。ちぃと出会うまで自分で言うのもなんだけど超絶優等生のいいこちゃんで居ざるを得なかったんだよ」

「……想像出来ないいな」

「今とはまあ全く違いますからなあ」

へらへらとしている樹であるが、芯《しん》の部分は真面目な事は周もよく知っている。

彼は敢《あ》えて今のような立ち振る舞いをしている。本気でやれば大抵の事はこなせるし優秀な事も知っているが、周りから見た樹は適当でマイペース、楽観的な人間だ。本人も、今の振る舞い方を気に入っていて、変えようとはしていない。

「まあちぃと出会って同じように反抗期を迎えた訳だから、そりゃ後がないと分かってる親父も慌てるさ」

「……樹まで居なくなったら、直系存続の危機だからな」

「そうそう。その上、まあ……ちぃが親父に挨拶に来た時、もうちぃは今のちぃだった訳で。それが兄嫁さんをどことなく連想させる感じだったみたいで……そりゃ、受け入れられないよなあ、と」

大輝視点では自分が手塩をかけて育てた長男を道から逸《そ》らして横から掻っ攫《さら》っていった女性に、次男の彼女が似ている。大輝からしてみればトラウマに近いものを感じさせたのかもしれない。

　大輝が受け入れ難《がた》いのも理解できる。同一視していい訳ではないが。

「まあこれが親父がちぃを受け入れられない大きな理由の一つ。あともう一つは……オレが、ちぃを庇《かば》って怪我《けが》したからだろうなあ」

「……怪我？」

「まあこれは優太とかも言わないようにしてるだろうけどな。オレもちぃが罪悪感抱かないように口にしないし。あ、心配しなくてもいいぞ？　深刻な怪我とかじゃないからさ」

　どこまでも軽く、こちらに負担をかけさせないように話す樹は、やれやれと言わんばかりに大仰《おおぎょう》に肩を竦める。

「まあ陸上部の確執やらオレが陸上部の先輩に惚《ほ》れられてのあれこれは知ってると思うんだけど、結局付き合いだしてからまたその先輩がちぃに突っかかってきてな。向こうが手を出してきて、オレはちぃがまた怪我を負うなんてごめんだって庇ったら、まあちょっとオレの方が怪我しちゃって」

　軽い口調で言っているが、割ととんでもない巻き込まれ方をしている気がしてならなかったが、樹にとってはやはり過ぎ去ったものらしく軽い笑みのままだ。

「別にそんなにひどい怪我ではなかったんだけど、校内でやっちゃったからまあまあ問題になって親も呼び出された訳です。それで親父の知るところになって、息子に余計な火の粉を浴びせた原因だ……って余計にちぃへの態度が頑《かたく》なになりましたとさ」

　最後のあたりはほんのり苦いものを声に込めた樹だが、軽快な語り口調はそのままで、だからこそ樹が憤っていて悩んでいるのだとも分かる。樹は自分の事になればなるほど他人に弱みを見せようとしないのだ。

　聞いた限り、正直なところこれは千歳がどうにか出来るものではないように思えた。

　確かに大輝と千歳の性格の相性そのもの自体よくないように思えるが、それ以外の要因の方が圧倒的に大きい。

　大輝と樹の兄、兄嫁間の確執に巻き込まれたものと、千歳への嫉妬《しっと》による犯行、これは千歳がどうにか出来るものではない。

　千歳の努力が無駄だとは全く思わないが、根本的な要因を取り除くには千歳の努力では覆しようのないものがある。

「だから、ちぃの努力不足とかじゃないんだよな、本質は。確かにちぃが親父のお眼鏡《めがね》にかなわなかったのは事実だけど、大前提としてオレと親父が悪い。ちゃんとオレが親父と向き合わずに自分の意見を押し付けあってるからこうなってるだけ」

「千歳にはこの事は」

「話してない。今の話はあくまでオレの推測だけど、それでも、ちぃには説明出来ない。兄さんの嫁を連想させる云々《うんぬん》はともかく、怪我の事を掘り返したら、絶対ちぃが傷つくんだよ。

私のせいだって。私が悪いんだって。……そんな事言わせたくないだろ」

「……ああ」

「ちぃは悪くない。だから、オレは親父を認めない。オレが怪我したのはオレの責任だから、ちぃは関係ない。オレの詰めが甘かっただけ。オレが先輩を御し切れなかっただけ。……あれを、ちぃのせいになんか、したりするか」

最後だけ吐き捨てるように、蟠《わだかま》っていたものを声に乗せて吐き出した樹は、周の瞳を見て「そんな心配そうな顔すんなよ」といつものひょうきんな笑顔を見せる。

「ま、これは内緒にしておいてくれよな。周も好き好んでちぃの笑顔を曇らせたい訳じゃないだろうし」

「当たり前だろ」

「うむうむ。それでこそ親友だ」

どこか無理に明るく振る舞う樹に、周は静かに笑ってその言葉を受け入れる。

「あれ、否定しないのか？」

「……否定してほしいのか」

「いやんそんな事言わないで。ありがたく肯定の気持ちを受け取っておきます」

「肯定もしてない」

「上げて落とすのやめよ⁉　なあ親友！」

「うるさい耳元で叫ぶな」

「辛辣《しんらつ》～」

周までしんみりとした態度では樹も部屋に戻るまでにいつもの態度に戻せないだろう、とこちらも普段の素っ気ない態度で返せば、心得たと言わんばかりに樹は声のピッチを上げて元の調子に調整していく。

何事もなかったかのように、しかし思いだけは確かに。

あっという間に何もかも覆い隠して見えなくした樹に内心舌を巻きながら、周も何事もなかったかのように鼻で笑って、皆が騒いでいる部屋に戻った。

手にしていたメロンソーダの炭酸がすっかり抜けていた事は、誰も気付かなかった。

第14話　天使様のお願い

樹《いつき》の話を聞いてからも変わらず皆と歌ったり軽く駄弁《だべ》ったりしていると、あっという間に終了時間になっていた。

この後他の面子《メンツ》は二次会であるファミレスに行って晩ご飯を食べるらしいが、周《あまね》と真昼《まひる》はここでお別れとなる。皆から名残惜《なごりお》しまれたし周としても多少後ろ髪を引かれる思いだが、真昼にもしもの事があってもよくないので帰路に就いた。

文化祭の接客から後片付け、おまけの打ち上げと立て続けにイベントが起こっているのでやや体は疲れていたが、それでも疲弊と言えるほどのものでないのは、鍛えるようになったお陰だろう。まだ軽《かろ》やかな足取りで家に帰れた。

「あー疲れた」

「ふふ、お疲れさまです」

今日は簡単に用意していた晩ご飯を食べて、一息。

お互いに接客という事でほんのり精神をすり減らしたのか、真昼はいつもより笑顔が落ち着いたものになっている。精彩に欠いた、という訳ではなくあくまで普段より微笑《ほほえ》みの中にあるエネルギーが抑えめ、という感じだ。

　気になるのは、微妙にぎこちなさもあるという事だろう。

「……なんか困った事とかあったか？」

「え？」

「いや、ちょっといつもの態度じゃないなって。文化祭で何か嫌な事とか困った事とかあったのかなって心配になったというか」

「い、いえ、困った事とかは、そんなになかったですよ」

「ないとは言わないんだな」

「そりゃあ初日の事がありますし……」

「……ごめん、思い出させて」

「あ、そ、そうじゃなくて！　……困った、というか、今、思うところが、あるというか」

　忌避、拒絶といった負の感情が生まれるものではない事は真昼から窺《うかが》えるものの、真昼が何を気にしているのかは、分からない。

　周と真昼ほど仲がよかろうと言葉がなければ伝わらない事がある。だからこそお互いの話に耳を傾けるように二人の間で決めているのだが、真昼はその取り決めを理解していてなお、言い辛《づら》そうに唇をあであもないこうでもないともごもごさせている。

　その態度からして、周に原因があり不満があるのではないか、と思ったのだが、それにしては周を責めるようなものでもない。

一体何なんだ、とほんのり揺れるカラメル色の瞳《ひとみ》をまっすぐに見つめると、観念したような真昼が小さく唇を開いた。

「……私、文化祭が終わったら周くんに色々話さないといけない事がある、って言ったじゃないですか」

「ん？　ああ、確かに言ってたな」

「その事なんですけど……どう、言ったらいいでしょうか。周くんは、その、こういう言い方には語弊がありますけど、私の事しか考えてない、でしょう」

「うん」

「他の女性には見向きもしないじゃないですか」

「何を当たり前の事を……」

どう考えても恋人がいるのに他の女性に目を向ける方が問題だろう。

「その事自体はすごく嬉《うれ》しいですし、周くんの美点でもあると思うのですけど。周くんは、私の事しか見てないから……他の女性からの評価にも無頓着《むとんちゃく》でしょう」

「真昼の隣に居ておかしくないか、みたいな事は気にするけど」

「……周くん個人が、好意を持たれている、とか、気にしないし気付かないでしょう」

あまり想定していなかった言葉にぱちりと大きく瞬きを繰り返す周に、真昼はかすかに苦いものを含んだ微笑みが唇に浮かんでいる。

「さっきのカラオケで、たまたまお手洗いに行った時に、周くんの事いいよねって言ってるクラスメイトの方の声が聞こえて。文化祭の出し物もそうです。周くんはかっこいいから、お客さんもあの人いいねって言ってました」

「俺《おれ》はそういうのあんまり気付かなかったけど、そんなにか？」

「はい。……周くんの魅力が皆さんに伝わってきた事は、嬉しく思います。でも……同時に、私だけの、私だけが知る周くんでなくなってしまった事を、嫌だと思ってしまいました。周くんが、私だけしか眼中にない前提でも」

詰まるところ、真昼も周が彼女に抱いたものと同じものを感じていたのだ。少し種類は違えど、妬《や》いていた、という事だろう。

「文化祭が終わったから、言わせてください。本当は……あんなに格好いい周くんが、お客さんに、笑いかけてるの、ちょっと、嫌でした。私の周くん、ですもん」

僅《わず》かなたどたどしさを含んだ語調で精一杯言い切った真昼が、自分のパートナーだぞと主張せんばかりに腕に寄り添ってくる。

分かりやすい嫉妬《しっと》と独占欲の表れに、笑ってはいけないのに自然と笑みが浮かんでいた。

（……愛されてるんだよなあ）

真昼がどこまでも純粋に膨大な好意を向けてくれる事を改めて理解して、そして、それと同じものを自分が持っている事に、面映《おもは》ゆさを感じた。

ほんのり躊躇《ためら》いを見せつつも譲らないと周にくっつく真昼に、周はくっつかれた反対の腕を使って、頭を撫《な》でる。

「安心してくれ。他のみんなが知らない俺の事、これから知っていくのは、真昼だけだよ。……手始めに、俺が真昼が思う以上にやきもちやきだって、知っておくか？」

真昼はあまり実感がないかもしれないが、周は結構に嫉妬心が強い。

それを露骨に表に出すのは余裕がなさすぎて大人気ないし、真昼が人気なのは周知の事実でありそ変えようのないものなので、許容はしている。真昼が余所見《よそみ》しない事も、よく理解している。

それはそれとして、やはり面白《おもしろ》くないという感情は抱くし、出来る事ならずっと手の届く範囲に居てほしい、と思う。

「この二日間、真昼が人目にさらされてやきもきしてた分、離したくないって思ってるよ」

「……はい」

「俺は真昼しか見てないよ。……もう、真昼だけの俺だから、これからは独り占めしてくれ。俺も真昼を独り占めするから」

文化祭で失われた時間を取り戻すように、あくまで腕に寄り添うだけだった真昼を周の腕の中まで導いて華奢《きやしや》な肢体《したい》を包み込むと、真昼は一瞬の硬直の後全《すべ》てを任せるように周に身を

預けた。

もう、皆に微笑みを振る舞うメイドではない。周のために、周だけに特別な笑顔を見せてくれる、ただ一人の女の子だ。

見上げる真昼の眼差《まなざ》しは甘く信頼に満ちていて、そのどこまでもまっすぐな好意に、周も微笑んで彼女が抱いていた懸念を掻《か》き消すように、不安をこぼした唇を奪った。

眼差しに負けず甘い唇を優しく優しく、溶かすように、丁寧に触れていくと、心地よさそうに瞳を閉じて周を受け入れる真昼が居た。

今日はあくまで真昼との時間を大切にしよう、と深い口づけはせずにどこまでも甘やかすような、お互いの熱を触れるだけで移し合うキスに留《とど》めてあやすように背中を撫でる周に、真昼はゆっくりと名残惜しげに唇を離す。

すっかり潤った瞳は、ただ静かに、そして愛《いと》しさと、期待するような物欲しげな色を宿して、恥ずかしげに周を捉《とら》えている。

その眼差しが何なのか分からず、どうしたのかと問う前に、真昼は周の胸に顔を埋《うず》め、ほっそりとした指で求めるように、しかし恐る恐るといった風にシャツを、握った。

「……今日は、帰らなくても、いいですか……？」

そして、腕の中で、そんな小さな呟《つぶや》きが、聞こえた。

あとがき

本書を手にとっていただきありがとうございます。

作者の佐伯《さえき》さんと申します。お隣の天使様第七巻楽しんでいただけましたでしょうか。

いやー……メイド服ですよ、メイドまひるんですよ。ここを読んでいるという事は本編見終わったと仮定して話しますがメイドまひるんですよ。

文化祭編という事でやはりここは喫茶店ネタが鉄板でしょうという事でのメイドですが真昼さん似合うのなんの。可愛い。クラシカルメイドが一番です。

今巻真昼《まひる》さんは内心で嫉妬しながらも周くんの羽ばたきを見届けていますが、やはり嫉妬は抑えられない様子。お互いに控えめな所がありますが、徐々に積極的になっていますね。この巻に至っては真昼さんの方が積極的です。誰の入れ知恵なのか（すっとぼけ）

そんな訳で理性揺さぶられまくりな周《あまね》くんですがいつまで耐えきれるのか見ものです。

今巻ラストで真昼さんの爆弾発言がありましたが、次の巻でどうなるかご期待ください。

今巻もはねこと先生に素敵なイラストを描いていただきました。ウオオオオってなったよね。

結構イラストの構図がはねこと先生任せな所があるのですが、毎度毎度素晴らしいものをい

ただいてます。ピンナップになってる口絵素晴らしすぎませんか（語彙力）

七巻は文化祭編なので準備中の真昼さんを描いていただきましたが、あれですね。なんであんなに色っぽく見えてしまうんでしょうか。私の目が邪《よこしま》なだけですかね。

ちなみにどれも挿絵好きなのですが個人的今回挿絵好き好きナンバーワンは照れてる真昼さんです。何であんな可愛いの。

それでは最後になりますが、お世話になった皆様に謝辞を。

この作品を出版するにあたりご尽力いただきました担当編集様、ＧＡ文庫編集部の皆様、営業部の皆様、校正様、はねこと先生、印刷所の皆様、そして本書を手にとっていただいた皆様、誠にありがとうございます。

また次の巻でお会いしましょう。

最後までお読みいただきありがとうございました！

ファンレター、作品の
ご感想をお待ちしています

〈あて先〉

〒105-0001
東京都港区虎ノ門2-2-1
SBクリエイティブ（株）
ＧＡ文庫編集部 気付

「佐伯さん先生」係
「はねこと先生」係

本書に関するご意見・ご感想は
右の QR コードよりお寄せください。

※アクセスの際や登録時に発生する通信費等はご負担ください。

https://ga.sbcr.jp/

お隣の天使様に
いつの間にか駄目人間にされていた件 7

発　行　2022年9月30日　初版第一刷発行
　　　　2024年4月10日　第十四刷発行
著　者　佐伯さん
発行者　出井貴完

発行所　SBクリエイティブ株式会社
〒105-0001
東京都港区虎ノ門2-2-1

装　丁　AFTERGLOW

印刷・製本　中央精版印刷株式会社

ISBN978-4-8156-1201-6
Printed in Japan
GA文庫

第17回 GA文庫大賞
GA文庫では10代～20代のライトノベル読者に向けた
魅力溢れるエンターテインメント作品を募集します！
書く、その先へ。
イラスト／はねこと
大賞賞金300万円+コミカライズ確約！
全入賞作品を刊行までサポート!!
◆募集内容◆
広義のエンターテインメント小説（ファンタジー、ラブコメ、学園など）で、日本語で書かれた未発表のオリジナル作品を募集します。希望者全員に評価シートを送付します。
※入賞作は当社にて刊行いたします。詳しくは募集要項をご確認下さい。
応募の詳細はGA文庫公式ホームページにて
https://ga.sbcr.jp/